Jean-Baptiste Moliere

Der Geizige

Lustspiel

Jean-Baptiste Moliere

Der Geizige
Lustspiel

ISBN/EAN: 9783743387270

Hergestellt in Europa, USA, Kanada, Australien, Japan

Cover: Foto ©Andreas Hilbeck / pixelio.de

Manufactured and distributed by brebook publishing software (www.brebook.com)

Jean-Baptiste Moliere

Der Geizige

Der Geizige.

Lustspiel in fünf Akten

von

Molière.

Uebersetzt

von

F. A. Krais.

Stuttgart.
Verlag der Expedition der Freya.
(Carl Hoffmann.)
1868.

Einleitung.

Wer sich von Molière ein richtiges Bild machen will, der darf die Farben nicht bei dessen Landsleuten holen, am wenigsten bei ihren obersten Tonangebern; vielmehr muß er die Züge des Dichters aus dem Spiegel seiner Werke und seiner Zeit zusammenlesen. Den Franzosen, welche ihr Silber mit so viel Anmuth zu vergolden wissen, während wir unser Silber mit so viel Demuth Blei schelten lassen — den Franzosen ist Molière der Vater des ächten Lustspiels, ja das Lustspiel selbst, der Lehrer der Menschheit, der liebenswürdigste Moral-Philosoph, die Schule der Welt, und der Himmel weiß was sonst noch. Wenn gleich Molière sich mit von den Brosamen nährte, die von des Griechen Menanders Tische fielen, so sagen sie doch, der halbe Molière schon würde Menanders Wagschale in die Luft geschnellt haben; und wenn sie ihren Komiker dem Shakespeare an die Seite stellen oder gar überordnen, so beweist dieses Urtheil neben so vielen ähnlichen, daß sie von dem was wir Poesie nennen, gar keinen Begriff haben. Auch wird ihnen das Organ für die ächte Poesie immer verkümmert bleiben, weil ihre Sprache, der Wurzelkraft und Biegsamkeit, also der Tiefe und Fülle entbehrend, zwar ein wohlgeschliffenes Werkzeug für die Zwecke des gesunden Menschenverstandes, für die Prosa, und darum weltmundgerecht geworden ist, aber den Zauberstimmen der Phantasie keinen Ausdruck verleihen kann. Mit dem prunkenden Philosophenmantel verhält es sich ebenso; er hat viele fadenscheinige Stellen, wo Molière's wächserne Tugend (vertu traitable), sein Mitdemstromeschwimmen (fléchir au temps), sein Abwägen der Hof- und Stadtmeinung durchblicken — lauter Qualitäten, die weder moralisch noch künstlerisch sind.

Ist nun Molière von diesen Fesseln eines falschen Ruhmes befreit, so wird er uns in seiner wahren Gestalt um so unberaubter entgegentreten, als man versucht ist, diesem feinen und anmuthreichen Dichter, was man ihm mit der einen Hand hatte nehmen müssen, mit der andern wieder zu geben.

Jean Baptiste Poquelin (so hieß Molière von Haus aus) kam 1622 in Paris auf die Welt. Sein Vater, ein Tröbler, war zugleich Tapezierer und Kammerdiener bei Hofe und erzog seinen Sohn zu seinem Nachfolger. Auf diesem Wege hätte dieser sich seines Talents nicht bewußt werden können, aber der Großvater war Theaterfreund und nahm den lieben Enkel bisweilen mit sich in die Komödie. Da fing es bald in dem Jungen zu gähren an, so daß er nicht ruhte, bis er eine gelehrte Schule besuchen durfte. Er widmete sich nun mit allem Eifer den Studien; in der Folge aber, als sein Vater aus Altersschwäche dem Hofdienst nicht mehr nachkommen konnte, mußte er für ihn eintreten und begleitete Ludwig XIII. im Jahr 1641 als Kammerdiener nach Languedoc. Nach Paris zurückgekehrt, fühlte er sich von seiner Leidenschaft für das Theater von neuem ergriffen und ergab sich derselben ganz, nachdem er selbst im Verein mit einigen jungen Leuten von Deklamationstalent öffentliche Vorstellungen gegeben, die mit Erfolg gekrönt waren. Jetzt wählte er den Namen Molière und benützte die Zeit der Bürgerkriege, welche das Bühnenwesen brach legten, sein Talent weiter auszubilden und einige Stücke zu schreiben, für die er die landläufigen italienischen Possen zum Vorbild nahm. So vorbereitet, durchzog er mit einer zusammengerafften Truppe die Provinzen und spielte seine Erstlinge in Grenoble, Lyon, Rouen und anderen Städten. Im Jahr 1658 kam er wieder nach Paris, wo er sich jetzt bleibend niederließ unter den Fittigen Ludwigs XIV. eine komische Schaubühne gründet und diese zu großem Ruhme brachte. Zumeist geißelte er die Unsitten und Thorheiten seiner Zeit und schuf eine Reihe von Lustspielen, in Verser und in Prosa, die, mehr satirisch als poetisch, von einem gebildeten, geistreichen, sprachgewandten, witzigen, lebens- und bühnenkundigen Verfasse zeugen, und die uns, da vor ihm und hinter ihm eine Wüste liegt wie Blumen aus einem Wundergarten anlächeln. Freilich sein Verhältniß zum Könige, dem er auf Befehl mit seinen Späßen die Stirne glätten mußte, sowie sein aufreibender Beruf als Direktor und Schauspieler, verliehen ihm weder die äußere Ruhe noch den innnern Halt, um eine größere Anzahl von Werken zu schreiben, als er gethan, die vor gänzlichem Veralten und gerechtem Tadel geschützt geblieben wären. Ist doch der künstlerische Ernst, der einem Talente die letzte Weihe und seinen Produkten die Dauer giebt, ohne sittlichen Ernst nicht denkbar, und dieser konnte ihm in seiner Lebensstellung nicht gedeihen. Aber Molière hatte Gönner, Freunde, Geld und solche Beweglichkeit, daß er, schon den Tod im Herzen, noch als Argan in der dritten Vorstellung seines zuletzt gedichteten „eingebildeten Kranken" auftrat und seinen Husten unter Lachen zu verstecken wußte. Man trug ihn sterbend von der Bühne, und bald nachher (17. Februar 1673) gab er den Geist auf. Armer Molière! Nachdem er seine Kräfte in seinem Beruf bis zum letzten Hauche angestrengt und aufgebraucht hatte, so verweigerte man ihm ein ehrlich Begräbniß. Warum? Weil er Heuchler und Finsterlinge auf die Bühne gebracht und dem Gelächter preisgegeben hatte. Sein königlicher Schutzherr selbst konnte ihm kaum die paar Fuß Schlummerboden von den harten Priestern erbetteln, und seine Wittwe mußte Geld auf die Gasse streuen, um den aufgehetzten Pöbel von seiner Bahre zu entfernen. Möchte ihm doch, in welchem Winkel immer, schlaffamer in seiner eigenen Gesellschaft, als unter jenem Troß, gebettet gewesen sein.

Wenn man Molière's Werke aus seiner Meisterzeit scharf ins Auge faßt, so ist keines darunter, das sich unbedingt als Muster aufstellen ließe; aber ächte und lebendige Theaterstücke sind sie alle, und in vielen derselben sind vollreife Früchte des Genies verschwenderisch ausgestreut.

L'Avare, der Geizige, ist ein Charakter- und Intriguen-Lustspiel, welches Molière 1667 auf die Bühne brachte. Das Stück ist also zweihundert, und wenn man auf seinen Keim zurückgeht, sogar zweitausend Jahre alt; denn Molière ging bei Plautus kaufen, und dieser

bei einem Griechen, wahrscheinlich bei Menander. So wurde attisch
Genieblitz über Rom nach Paris gespiegelt. Bei Plautus heißt das Stü
Aulularia (die Geschichte mit dem Goldtopf), und die Hauptperso
der Geizige, heißt Euclio; doch ist für uns leider der Schluß des alt
Stückes verloren gegangen. Molière hat sein Vorbild wesentlich u
gestaltet, aber nicht mit poetischer Ueberlegenheit, wenn man den antik
Torso gegenüberstellt, der durch seine stylvolle Einfachheit Bewunderu
erregt. Der Franzose hetzte die komischen Motive des Griechen
todt. Er wollte seinen Harpagon, den er selbst spielte, zu ein
recht ergiebigen Rolle machen und ließ sich — der Dichter durch b
Schauspieler — verleiten, die widersprechendsten Züge in ihr zusamme
zuhäufen. Er machte den alten Schatzhüter zugleich zum verliebt
Gecken, zum habsüchtigen Wucherer und zum Haupt eines weitläufig
Haushalts; auch fügte er, um den Abend auszufüllen, eine Dopp
heirath und Wiedererkennung nach spanischem Muster hinzu. Die Ve
wicklungen und Durchkreuzungen, welche aus diesen vielseitigen Ve
hältnissen entspringen müssen, sind freilich lustig genug, aber was d
Nerv und beherrschende Lebenspunkt des Ganzen sein sollte, die auf d
vergrabenen Schatz konzentrirte Geizwuth des Alten, wird durch di
Zuthaten von der Stelle verdrängt und nahezu unwirksam gemad
Ebenso kann Harpagons Verliebtheit, da sie das gerade Widersp
seines Charakters ist, nur zum frostigsten Ausdruck gelangen. Mit d
Rolle des Harpagon, als solcher, hat übrigens Molière seinen Zw
erreicht: sie ist zu großer Berühmtheit gelangt, hat schon die roh
Anfänge unsrer deutschen Bühne belebt, und wir sehen immer noch uns
größten Schauspieler darnach greifen und Triumphe erringen; au
ist der Eigenname Harpagon als Gattungsname für Knicker und Ge
hälse in das Wörterbuch übergegangen. Der Monolog am Schlu
des vierten Aktes, in welchem das Pathos der Rolle kulminirt, ist f
wörtlich nach Plautus, nur ebenfalls von Molière gedehnt und gesteige
und das zündende Hinausrufen in's Publikum ist ein Streiflicht v
dem Glanze der aristophanischen Komödie.

Personen.

Harpagon, Kleanths und Elisens Vater, verliebt in Marianne.
Kleanth, Harpagons Sohn, Mariannens Liebhaber.
Elise, Harpagons Tochter, Valers Geliebte.
Valer, Anselms Sohn, Elisens Liebhaber.
Marianne, Anselms Tochter, Kleanths Geliebte.
Anselm, Valers und Mariannens Vater.
Frosine, eine Kupplerin.
Meister Simon, ein Geldmäkler.
Meister Jakob, Koch und Kutscher bei Harpagon.
Pfeil, Kleanths Bedienter.
Frau Schöps, Haushälterin
Haberstroh, } Lakaien } bei Harpagon.
Stockfisch,
Ein **Kommissär** und sein **Schreiber.**

(Das Stück spielt in Paris in Harpagons Hause.)

Erſter Akt.

Erſter Auftritt.
Valer, Eliſe.

Valer. Aber holde Eliſe, wie kommt es, daß dich Schwermuth befällt, nachdem du mich ſo liebevoll deiner Treue verſichert? Ich ſchwimme in Freude und ach, du ſeufzeſt? Machſt du dir etwa Vorwürfe, daß du mich beglückt haſt? bereuſt du das Verlöbniß, zu dem dich mein Ungeſtüm hingeriſſen?

Eliſe. Nein, Valer, wie könnt' ich etwas bereuen, das ich für dich gethan? So lieblich iſt die Gewalt, die mich dazu trieb, daß ich ſogar zu ſchwach zu dem Wunſche bin, es möchte nicht geſchehen ſein. Aber, um dir die Wahrheit zu ſagen, unſer Glück ſelbſt macht mich unruhig, und ich muß fürchten, daß ich dich ein bischen mehr liebe, als recht iſt.

Valer. Ei, was kannſt du dabei fürchten, Eliſe, daß du mir gut biſt?

Eliſe. Ach! tauſend Dinge auf einmal: den Zorn meines Vaters, die Vorwürfe meiner Familie, den Tadel der Welt, und, Valer, mehr als all dieß, eine Wandlung deines Herzens und jene unverantwortliche Kälte, womit ihr Männer ſo oft die allzuheißen Proben einer unſchuldigen Liebe belohnet.

Valer. Ach, Eliſe, thue mir das Unrecht nicht an, daß du mich nach den Andern beurtheilſt! Lieber jeden Verdacht ſonſt, als den, daß ich mich dir pflichtvergeſſen zeigen könnte! Dazu habe ich dich viel zu lieb, und meine Liebe zu dir wird dauern ſo lang als mein Leben.

Eliſe. Ach, Valer, ſo fließt es Jedem von den Lippen! Alle Männer führen die gleichen Worte im Munde: erſt wenn es zum Handeln kommt, zeigt ſich der Unterſchied.

Valer. Wenn nun die Handlungen allein erkennen laſſen, wer wir ſind, ſo warte dieſe wenigſtens ab; beurtheile nach ihnen mein Herz, und laß mir deine ungerechten Befürchtungen, deine ſchwarzen Vorſtellungen nicht zum Vorwurf dienen. Ich bitte dich, Eliſe, martre mich nicht mit ſo empfindlichen Stichen eines kränkenden Argwohns; laß mir Zeit, dich durch tauſend und abertauſend Beweiſe zu überzeugen, wie redlich ich es meine.

Eliſe. Ach wie leicht glaubt man denen aufs Wort, die man liebt! Ja, Valer, ich halte dein Herz nicht für fähig, mich zu hintergehen. Ich glaube an die Aufrichtigkeit deiner Liebe und an deine Treue: ich will jedem Zweifel den Abſchied geben und mich durch nichts mehr verſtimmen laſſen, als durch die Furcht vor dem Tadel, dem ich ausgeſetzt bin.

Valer. Aber warum dieſe Beſorgniß?

Eliſe. Ich hätte nichts zu befürchten, wenn dich Jedermann mit meinen Augen anſähe; finde ich ja in dir ſelbſt Berechtigung genug zu dem, was ich für dich thue. Deinen ganzen Werth hat mein Herz zu ſeinem Anwalt, und ſtützt ſich noch auf jene Dankesſchuld, die mir der Himmel gegen dich auferlegt. Keine Stunde vergeht, daß mir nicht jene gräßliche Gefahr vorſchwebte, bei der wir uns kennen lernten. Die Hochherzigkeit ohne gleichen, mit der du dein Leben wagteſt, mich aus dem Wellen-Grab zu retten; die zärtliche Sorgfalt, die du mir bewiesest, als du mich an's Ufer gebracht, und die unabläſſigen Huldigungen der feurigſten Liebe, die nicht ermatteten an der Zeit und vor keinem Hinderniß zurückſchreckten; ja deine Liebe ließ dich Eltern und Heimath vergeſſen und hielt dich hier feſt, wo du um meinetwillen deinen Stand verläugneſt und, um mich zu ſehen, es nicht verſchmäht haſt, in den Dienſt meines Vaters zu treten. Alles dieß muß bei mir tauſendfach für dich ſprechen; obwohl es aber in meinen Augen hinreicht, das Verhältniß, das ich eingegangen, zu rechtfertigen, ſo reicht es vielleicht nicht in den Augen Anderer hin, und ich bin nicht ſicher, ob man meine Gefühle billigt.

Vater. Von allem was du angeführt haſt, rechne ich mir einzig und allein meine Liebe zum Verdienſt bei dir an; und was deine Skrupel betrifft, ſo läßt es ſich dein Vater ſelbſt angelegen genug ſein, dich vor aller Welt zu rechtfertigen; ja das Uebermaß ſeines Geizes und die Strenge, mit der er ſeine Kinder behandelt, könnten noch zu ganz andern Dingen Berechtigung geben. Verzeih mir, liebſte Eliſe, daß ich ſo vor dir rede; aber du weißt, über dieſes Kapitel läßt ſich kein Loblied ſingen. Und doch, wenn es mir, wie ich hoffe, glücken wird, meine Eltern wiederzufinden, ſo kann es uns nicht ſchwer werden, ihn uns günſtig zu machen. Mit Ungeduld warte ich auf Nachrichten, und wenn ſie nicht bald eintreffen, ſo gehe ich ſelbſt auf Kundſchaft aus.

Eliſe. Nein, Vater, du darfſt nicht fort von hier; laß es deine einzige Sorge ſein, meinen Vater für dich zu gewinnen.

Vater. Du ſiehſt, wie ich mich dabei anſtelle, und wie ich mich drehen und wenden mußte, um mich in ſeinem Dienſte möglich zu machen; wie ich die gleichgeſtimmte Seele heuchle, um ihm zu gefallen, und welche Rolle ich täglich vor ihm ſpiele, um mich wohl daran zu machen. Ich wachſe auch wunderbar in ſeiner Gunſt und lerne, daß es kein beſſeres Mittel gibt, die Menſchen zu gewinnen, als wenn man ſich vor ihren Augen zu ihrem Affen macht, ihre Neigungen und Grundſätze annimmt, ihre Fehler beräuchert und zu allem bravo ſagt, was ſie thun. Und man braucht nicht etwa zu fürchten, daß man die Gefügigkeit übertreiben könnte: nein, man darf die Farben, mit denen man ſie copirt, ſo ſtark auftragen als man will, denn der Schmeichelei gegenüber ſind die Geſcheidteſten immer große Gimpel; und es gibt nichts ſo Dreiſtes oder ſo Lächerliches, das ſie nicht ſchluckten, wenn man es ihnen mit Lob verzuckert eingibt. Freilich der Charakter leidet ein wenig Noth bei dem Handwerk, das ich treibe; aber wenn man die Menſchen braucht, ſo muß man ſich in ſie ſchicken; und wenn man ſie nur auf dieſem Wege gewinnen kann, ſo iſt das nicht die Schuld derer, die ſchmeicheln, ſondern derer, die umſchmeichelt ſein wollen.

Eliſe. Aber warum ſuchſt du nicht auch einen Halt an meinem Bruder zu gewinnen für den Fall, daß es der Haushälterin beikäme, unſer Geheimniß zu verrathen?

Vater. Man kann nicht beide zugleich ſicher lenken; auch haben Vater und Sohn ſo verſchiedene Köpfe, daß es ſchwer iſt, ſie unter einen Vertrauenshut zu bringen. Aber du arbeite an deinem Bruder und mache dir euer gutes Verhältniß zu Nutzen, um ihn in unſer Intereſſe zu ziehen. Er kommt. Ich gehe. Nimm die Gelegenheit wahr, mit ihm zu ſprechen, und entdecke ihm nichts von unſerer Angelegenheit, als was du für dienlich hältſt.
(Ab.)

Eliſe. Kaum werde ich Muth genug haben, ihm dieſes Bekenntniß zu machen.

Zweiter Auftritt.

Kleanth, Eliſe.

Kleanth. Wie ſchön, Schweſterherz, daß ich dich allein treffe! Ich muß dir ein Geheimniß anvertrauen und brannte vor Ungedulb, dich zu sprechen.

Elise. Lieber Bruder, ich bin bereit, dich zu hören. Was hast du mir zu sagen?

Kleanth. Tausenderlei, Schwesterchen, — alles eingewickelt in Ein Wort. Ich liebe.

Elise. Du liebst?

Kleanth. Ja, ich liebe. Aber ehe ich mich weiter erkläre, weiß ich recht wohl, daß ich von einem Vater abhänge, und daß ich als Sohn mich seinem Willen unterwerfen muß; daß wir unser Herz nicht binden dürfen ohne die Zustimmung derer, die uns das Leben geschenkt; daß der Himmel sie zu Herren unserer Wünsche gemacht hat, über die wir nicht verfügen dürfen ohne ihre Leitung; daß sie, von keiner tollen Hitze befangen, weit weniger als wir der Täuschung ausgesetzt sind und viel besser sehen, was uns frommt; daß man sich den sehenden Augen ihrer Klugheit lieber anvertrauen muß als den blinden unserer Leidenschaft, und daß das Ungestüm der Jugend uns so häufig in traurige Abgründe stürzt. Alles das sage ich dir, liebe Schwester, damit du dir nicht die Mühe geben sollst, es mir zu sagen; denn meine Liebe ist taub, mußt du wissen, und ich bitte dich, mir keine Vorstellungen zu machen.

Elise. Hast du dich schon gebunden, lieber Bruder?

Kleanth. Nein; aber ich bin dazu entschlossen und beschwöre dich nochmals, keine Gründe ins Feld zu führen, um mir davon abzurathen.

Elise. Ei Bruder, sehe ich denn darnach aus?

Kleanth. Nein, Elise; aber du liebst nicht, du kennst den bestrickenden Zauber der Zärtlichkeit nicht, und mir graut vor deiner Vernunft.

Elise. Ach, Bruder, sprechen wir nicht von meiner Vernunft; es gibt Niemand, dem sie nicht einmal wenigstens im Leben abhanden käme, und wenn ich dich in mein Herz sehen lasse, so erscheine ich dir vielleicht weniger vernünftig, als du selbst bist.

Kleanth. Ach, wollte der Himmel, daß dein Herz wie das meinige.....

Elise. Kommen wir erst mit deiner Geschichte zu Ende — wer ist denn deine Geliebte?

Kleanth. Ein junges Mädchen, das seit Kurzem hier in der Nachbarschaft wohnt und dazu gemacht scheint, einem Jeden Liebe einzuflößen, der sie sieht. Ach, Schwester, die Natur hat kein liebenswürdigeres Wesen hervorgebracht; der erste Augenblick, da ich sie sah, raubte mich mir selbst. Sie heißt Marianne und lebt unter den Augen einer braven Mutter, die fast immer krank ist, und an der diese liebenswürdige Tochter so zärtlich hängt, als man sich kaum vorstellen kann. Sie bedient sie, sie beklagt sie, sie beruhigt sie, und das mit einer Innigkeit, die dir zu Herzen ginge. Ihr Wesen ist bezaubernd, die Anmuth selbst strahlt aus allem hervor, was sie thut, die reizendste Sanftmuth, die einnehmendste Güte, die Unschuld eines Engels, die..... Ach, Schwester! ich wollte, du hättest sie gesehen!

Elise. Deine Beschreibung, Bruder, läßt mich schon viel von ihr sehen, und um ihren ganzen Werth zu fassen, genügt mir, daß du sie liebst.

Kleanth. Ich bin dahinter gekommen, daß sie etwas knapp leben müssen, und daß sie trotz ihrer Eingezogenheit kaum alles Nöthige bestreiten können. Denke dir, Schwester, welche Freude es da sein müßte, einem Wesen, das man liebt, die Noth zu lindern, den bescheidenen Bedürfnissen einer braven Familie auf zarte Weise entgegenzukommen; und stelle dir vor, wie es mich schmerzen muß, daß der Geiz unsres Vaters es mir unmöglich macht, diese Freude zu kosten und jener Schönen irgend einen Beweis meiner Liebe zu geben!

Elise. Ja, lieber Bruder, ich begreife recht gut, wie sehr dich das verdrießen muß.

Kleanth. Ach Schwester, mehr als sich glauben läßt. Kann man sich denn auch etwas Grausameres denken, als diese hartherzige Sparsamkeit, unter der wir leiden müssen, diese unsägliche Dürre, in der man uns verschmachten läßt? Ei was nützt uns unser Vermögen, wenn es erst zu einer Zeit an uns kommt, wo wir zu alt sein werden, es zu genießen? Muß ich nicht, um nur bestehen zu können, mich in Schulden stecken bis über die Ohren? und müssen nicht wir Beide, nur um uns anständig kleiden zu können, alle Tage bei den Kaufleuten borgen? Also wollte ich dich sprechen, damit du mir behilflich wärest, den Vater über meinen Liebeshandel auszuforschen: legt er mir Hindernisse in den Weg, so bin ich entschlossen, mit dem lieben Kinde anderswohin zu ziehen und das Glück zu genießen, das uns der Himmel bescheeren mag. In dieser Absicht suche ich überall Geld aufzutreiben, und, Schwester, wenn du ungefähr in den gleichen Schuhen gehst wie ich, und unser Vater sich unsern Wünschen widersetzen sollte: so verlassen wir ihn alle beide, Punktum, und schütteln die Tyrannei ab, mit der uns sein unerträglicher Geiz so lange schon niederhält.

Elise. Es ist wohl wahr, daß er uns den Tod unsrer Mutter jeden Tag mehr bedauern läßt, und daß ....

Kleanth. Ich höre seine Stimme. Entfernen wir uns ein wenig, um unsere Beichte zu beenden, und machen dann mit vereinten Kräften einen Angriff auf sein hartes Gemüth. (Beide ab.)

Dritter Auftritt.
Harpagon, Pfeil.

Harpagon. Hinaus da, im Augenblick, ohne Widerrede! Pack Er sich aus meinem Hause, Erzspitzbube, Hauptgalgenstrick!

Pfeil (beiseite). Hab' ich doch nie etwas Abscheulicheres gesehen, als diesen verwünschten Graukopf; ich glaube er hat, mit Respekt zu sagen, den Teufel im Leibe.

Harpagon. Du brummst in den Bart?

Pfeil. Warum jagen Sie mich aus dem Hause?

Harpagon. Steht dir wohl an, Halunke, mich nach Gründen zu fragen! Gleich mach' dich fort, sonst schlag' ich dich todt.

Pfeil. Was hab' ich denn verbrochen?

Harpagon. Hast verbrochen, daß ich will, daß du gehst!

Pfeil. Mein junger Herr, Ihr Sohn, hat mir befohlen, auf ihn zu warten.

Harpagon. So geh' und wart' auf der Straße und sei nicht in meinem Haus, kerzengerade hingepflanzt, wie ein Opferstock, zu belauern was vorgeht, und dir alles zu Nutz zu machen. Ich will nicht von früh bis spät einen Spion um mich haben, einen Schuft, dessen verdammte Augen verfolgen was ich thue, verschlingen was ich habe, und in alle Winkel spähen, ob es nichts zu stehlen giebt.

Pfeil. Wie zum Henker sollte man es angreifen, um Sie zu bestehlen? Sind Sie ein Mann, dem sich beikommen läßt? Sie halten ja alles hinter Schloß und Riegel, und stehen Tag und Nacht Schildwach'.

Harpagon. Ich verriegle was ich mag, und stehe Schildwach' wie mir's gefällt. Seh' mir einer die Spürnase, die beschnüffelt, was man thut! (Leise beiseite.) Er wird doch mein Geld nicht ausgewittert haben! (Laut.) Du wärest der Kerl, nicht wahr, es auszustreuen, daß ich Geld im Hause versteckt habe?

Pfeil. Sie haben Geld versteckt?

Harpagon. Nein, Schlingel, das sag' ich nicht. (Leise.) Er macht mich rasend. (Laut.) Ich frage, ob du nicht aus Bosheit das Gerücht verbreiten könntest, daß ich dergleichen gethan habe.

Pfeil. Ei was scheert es uns, daß Sie dergleichen haben oder dergleichen nicht haben, wenn es für uns auf eins herauskommt!

Harpagon (erhebt die Hand, um ihn zu beohrfeigen). Du maulst? ich werde dich für dein Maulen hinter die Ohren schlagen. Hinaus, sag' ich noch einmal.

Pfeil. Nun ja, so geh' ich!

Harpagon. Halt: nimmst du nichts mit?
Pfeil. Was sollt' ich Ihnen mitnehmen?
Harpagon. Wart', komm' her, daß ich sehe. Zeig' mir deine Hände.
Pfeil. Da.
Harpagon. Noch eine.
Pfeil. Noch eine?
Harpagon. Ja.
Pfeil. Da ist sie.
Harpagon (auf Pfeil's Hosen zeigend). Hast du nichts da hinein gesteckt?
Pfeil. Sehen Sie selbst.
Harpagon (betastet Pfeil's Hosen unten herum). Diese weiten Hosen eignen sich zu wahren Diebshöhlen; ich wollte, daß man einen darin aufknüpfte.
Pfeil (beiseite). Ha, wie verdient nicht ein solcher Patron, was er fürchtet! und was wäre mir's eine Lust, ihn zu bestehlen!
Harpagon. He?
Pfeil. Was?
Harpagon. Was sprichst du da von Stehlen?
Pfeil. Ich sage, daß Sie mich von oben bis unten durchsuchen können, ob ich Sie nicht bestohlen habe.
Harpagon. Das will ich auch. (Er durchsucht Pfeil's Taschen).
Pfeil (beiseite). Die Pest über den Geiz und die Geizigen!
Harpagon. Wie? was sagst du?
Pfeil. Was ich sage?
Harpagon. Ja, was du vom Geiz und von den Geizigen sagst?
Pfeil. Ich sage: die Pest über den Geiz und die Geizigen!
Harpagon. Wen meinst du damit?
Pfeil. Die Geizhälse.
Harpagon. Und wer sind sie, diese Geizhälse?
Pfeil. Knicker und Filze.
Harpagon. Aber wen verstehst du darunter?
Pfeil. Um was Sie sich nicht kümmern!
Harpagon. Ich kümmere mich um was ich muß.

Pfeil. Glauben Sie denn, ich wolle von Ihnen sprechen?
Harpagon. Ich glaube was ich glaube: aber du sollst mir sagen, zu wem du sprichst, wenn du das sagst.
Pfeil. Ich spreche... ich spreche zu meiner Mütze.
Harpagon. Und ich hätte gute Lust zu deinem Schädel zu sprechen.
Pfeil. Wollen Sie mich hindern, auf die Geizigen zu schimpfen?
Harpagon. Nein, aber ich will dich hindern zu schwatzen und frech zu sein. Schweig!
Pfeil. Ich nenne ja Niemand.
Harpagon. Ich werde dich wammsen, wenn du nicht schweigst.
Pfeil. Wen es juckt, der kratze sich.
Harpagon. Wirst du dein Maul halten?
Pfeil. Ja, wenn es sein muß.
Harpagon. Hu! Hu!
Pfeil (zeigt Harpagon seine Rocktasche). Fassen Sie an, da ist noch eine Tasche: sind Sie jetzt zufrieden?
Harpagon. Schnell, gib mir's zurück, ohne daß ich dich durchsuche.
Pfeil. Was?
Harpagon. Was du mir genommen hast.
Pfeil. Nicht nagelsgroß hab' ich Ihnen genommen.
Harpagon. Gewiß?
Pfeil. Gewiß.
Harpagon. Nun, so scheer' dich zu allen Teufeln!
Pfeil (beiseite). Ein gemüthlicher Abschied das!
Harpagon. Ich binde dir's auf's Gewissen, hörst du? (Pfeil ab.)

Vierter Auftritt.

Harpagon.

Harpagon. Was mir der Halunke von Bedienten im Wege ist! Es ärgert mich, so oft mir das Hinkebein vor die Augen kommt. Wahrlich es ist kein Spaß, eine große Summe bei sich im Hause zu hüten, und wohl dem, der seine

Geldes gut angelegt hat und nur so viel behält, als er zum Leben braucht. Im ganzen Hause läßt sich kaum ein sicheres Versteck finden, und von Geldschränken mag ich meinestheils nichts wissen und möchte mich nie auf einen verlassen. Ich halte sie geradezu für ächte Diebsköder, denn über sie geht's immer zuerst her.

Fünfter Auftritt.

Harpagon; Elise und Kleanth, welche zusammen sprechen und im Hintergrunde bleiben.

Harpagon (sich allein glaubend). Uebrigens weiß ich nicht, ob ich wohl daran gethan habe, zehntausend Thaler, die man mir gestern heimzahlte, in meinem Garten zu vergraben. Zehntausend Thaler in Gold bei sich im Hause, die Summe ist viel zu..... (Beiseite, als er Elise und Kleanth bemerkt.) O Himmel! hab' ich mich am Ende selbst verrathen! im Eifer werde ich mich vergessen haben, ja ich glaube, ich habe laut gesprochen, als ich Betrachtungen für mich anstellte. (Zu Kleanth und Elise.) Was giebt's?

Kleanth. Nichts, mein Vater.
Harpagon. Seid ihr schon lange da?
Elise. Wir kommen soeben.
Harpagon. Ihr habt gehört .....
Kleanth. Was, mein Vater?
Harpagon. Jetzt eben ....
Elise. Was?
Harpagon. Was ich vorhin gesagt habe.
Kleanth. Nein.
Harpagon. Doch, doch.
Elise. O nein.
Harpagon. Ich sehe wohl, daß ihr einige Worte gehört habt. Ich unterhielt mich mit mir selbst über die Mühe, die es heutigen Tags kostet, Geld aufzutreiben, und ich sagte, daß der glücklich zu schätzen sei, der zehntausend Thaler im Hause haben kann.
Kleanth. Wir nahmen Anstand, Sie anzureden, aus Furcht, Sie zu stören.
Harpagon. Es ist mir sehr lieb, euch das zu sagen, damit ihr die Sache nicht schief auffasset und euch einbildet, ich habe gesagt, daß ich selbst zehntausend Thaler liegen habe.
Kleanth. Wir machen uns keine Gedanken über Ihre Angelegenheiten.
Harpagon. Wollte Gott, daß ich sie hätte, zehntausend Thaler!
Kleanth. Ich glaube nicht ....
Harpagon. Das wäre ein hübsch Ding für mich.
Elise. Dergleichen ....
Harpagon. Ich könnte sie recht gut brauchen.
Kleanth. Ich denke, Sie ...
Harpagon. Die kämen mir sehr gelegen.
Elise. Sie sind ja ....
Harpagon. Und ich würde nicht, wie ich thue, mich über die heillose Zeit beklagen.
Kleanth. Lieber Himmel! Sie, Vater, haben keinen Grund zu klagen: man weiß ja, daß Sie reich genug sind.
Harpagon. Wie, ich reich genug? Wer das sagt, der hat gelogen! Es giebt nichts Abgeschmackteres; Spitzbuben stiften all das Gerede an.
Elise. Aergern Sie sich nicht.
Harpagon. Nein, es ist drüber hinaus, daß meine eigenen Kinder mich verrathen und mir zu Feinden werden.
Kleanth. Ist man Ihr Feind, wenn man sagt, daß Sie reich sind?
Harpagon. Ja. Solche Reden und der Aufwand, den du machst, werden es hinbringen, daß man nächster Tage zu mir kommt und mir den Hals abschneidet, in der Meinung daß ich von Gold strotze.
Kleanth. Was für großen Aufwand mache ich denn?
Harpagon. Was für Aufwand? Gibt es etwas Empörenderes als den kostbaren Aufzug, in dem du durch die Stadt gehst? Ich zankte gestern deine Schwester aus; aber bei dir ist es noch schlimmer. Ob das nicht himmelschreiend ist! was du da von oben bis unten auf dem Leibe trägst, macht ein Vermögen aus. Hundertmal schon habe ich dir

gesagt, daß mir dein ganzes Gebahren äußerst mißfällig ist; mit wahrer Wuth steuerst du auf den großen Herrn los; und um so gekleidet zu gehen, mußt du mich fast bestehlen.

Kleanth. Ha! wie so Sie bestehlen?

Harpagon. Was weiß ich? Woher willst du denn das Geld nehmen, um solchen Staat zu bestreiten?

Kleanth. Ich, mein Vater? nun, ich spiele; und da ich sehr viel Glück habe, so verwende ich allen Gewinnst auf meine Ausstattung.

Harpagon. Daran thust du sehr übel. Wenn du Glück im Spiele hast, so mußt du es dir zu Nutzen machen und das Geld, das du gewinnst, auf anständige Zinsen legen, damit du es eines Tags zur Verfügung habest. Ohne vom Weitern zu reden, möcht' ich doch wissen, zu was all die Bänder gut sind, mit denen du von Kopf bis zu Fuß gespickt bist, und ob ein halbes Dutzend Nesteln nicht auch eine Hose halten könnten. Braucht man denn Geld für Perrücken auszugeben, wenn man eigenes Haar tragen kann, das nichts kostet? Ich wollte wetten, daß in deinen Perrücken und Bändern wenigstens zwanzig Pistolen stecken, und zwanzig Pistolen bringen jährlich 18 Livres 6 Sous 8 Pfennige Zinsen, wenn auch nur zu 8 Prozent angelegt.

Kleanth. Sie haben Recht.

Harpagon. Lassen wir das und sprechen von etwas Anderem. (Er bemerkt, daß sich Kleanth und Elise Zeichen geben.) Nun!? (Leise beiseite.) Ich glaube sie geben sich Zeichen, daß sie mir die Börse stehlen wollen. (Laut.) Was sollen diese Fazen da?

Elise. Wir sind unschlüssig, mein Bruder und ich, wer zuerst sprechen soll, denn wir haben Ihnen beide etwas zu sagen.

Harpagon. Und ich hab' euch auch beiden etwas zu sagen.

Kleanth. Vom Heirathen, Vater, möchten wir mit Ihnen sprechen.

Harpagon. Gleichfalls vom Heirathen will ich euch unterhalten.

Elise. Ach, Vater!

Harpagon. Was soll der Angstruf? Ist es das Wort oder die Sache, was dir bange macht?

Kleanth. Das Heirathen kann uns beiden bange machen, bei der Art wie Sie davon denken; fürchten wir doch, unsre Gefühle möchten mit Ihrer Wahl nicht im Einklang sein.

Harpagon. Nur Geduld; beunruhigt euch nicht. Ich weiß was euch beiden frommt, und weder das Eine noch das Andere wird irgend Ursache haben, sich über das zu beklagen, was ich Alles zu thun gewillt bin. Um es nun an einem Zipfel zu packen, so sage mir, mein Sohn, kennst du vielleicht ein junges Mädchen mit Namen Marianne, das nicht weit von hier wohnt?

Kleanth. Ja, Vater.

Harpagon. Und du, meine Tochter?

Elise. Ich habe von ihr sprechen hören.

Harpagon. Nun, mein Sohn, wie findest du das Mädchen?

Kleanth. Ein reizendes Geschöpf.

Harpagon. Ihr Gesicht?

Kleanth. Züchtig und voll Geist.

Harpagon. Ihr Wesen und Betragen?

Kleanth. Bewunderungswürdig, ohne Frage.

Harpagon. Glaubst du nicht, daß ein Mädchen wie dieses reichlich verdient, daß man sie bedenke?

Kleanth. Freilich, Vater.

Harpagon. Daß das eine wünschenswerthe Partie wäre?

Kleanth. Höchst wünschenswerth.

Harpagon. Daß sie ganz darnach aussieht, als müßte sie eine gute Hausfrau abgeben?

Kleanth. Gewiß.

Harpagon. Und daß sie es ihrem Manne zu Danke machen werde?

Kleanth. Zuverlässig.

Harpagon. Nur ein Häkchen hat es: ich fürchte nämlich, daß ihr das Vermögen mangelt, auf das man rechnen müßte.

Kleanth. Ach Vater, das Vermögen kommt nicht in Betracht, wenn es sich um die Hand eines braven Mädchens handelt.

Harpagon. Bitt' um Verzeihung, bitt' um Verzeihung. Doch läßt sich hier sagen, wenn sich auch das Vermögen nicht so hoch beläuft als man wünscht, so könne der Versuch gemacht werden, sich auf anderem Wege schadlos zu halten.

Kleanth. Das will ich meinen.

Harpagon. Nun so bin ich hoch erfreut, dich mit mir einig zu sehen; denn ihr holdes und sittsames Wesen hat mir das Herz gewonnen und ich bin entschlossen, sie zu heirathen, vorausgesetzt, daß ich einiges Vermögen bei ihr finde.

Kleanth. Weh mir!

Harpagon. Wie?

Kleanth. Sie sind entschlossen, sagen Sie . . . . .

Harpagon. Marianne zu heirathen.

Kleanth. Wer? Sie, Sie?

Harpagon. Ja, ich, ich. Was soll das heißen?

Kleanth. Es hat mich plötzlich ein Schwindel gefaßt, ich muß an die Luft.

Harpagon. Wird nichts auf sich haben. Geh schnell in die Küche und trinke ein Glas frisches Wasser.

(Kleanth ab.)

Sechster Auftritt.

Harpagon, Elise.

Harpagon. Da sieh mir einer die Zierpuppen, die nicht mehr Kraft im Leibe haben als ein Sperling. — Du hast gehört, meine Tochter, welchen Entschluß ich für mich gefaßt habe. Deinem Bruder bestimme ich eine gewisse Wittwe, von der mir diesen Morgen Jemand gesprochen hat; und dich, mein Kind, dich gebe ich dem Herrn Anselm.

Elise. Dem Herrn Anselm?

Harpagon. Ja; ein gesetzter, gescheidter und gebildeter Mann, noch nicht über die fünfzig, und grundreich wie die Fama sagt.

Elise (mit einer Verbeugung). Ich will mich nicht verheirathen, mein Vater, wenn's beliebt.

Harpagon (sie nachahmend). Und ich, mein Töchterchen, mein Schatz, ich will, daß du dich verheirathest, wenn's beliebt.

Elise (wie zuvor). Ich bitte um Verzeihung, mein Vater.

Harpagon (ebenso). Ich bitte um Verzeihung, meine Tochter.

Elise. Ich bin die ergebenste Dienerin des Herrn Anselm; aber (wie zuvor) mit Ihrer Erlaubniß, heirathen werde ich ihn nicht.

Harpagon. Ich bin dein ergebenster Diener; aber (wie zuvor) mit deiner Erlaubniß, heirathen wirst du ihn noch diesen Abend.

Elise. Noch diesen Abend?

Harpagon. Noch diesen Abend.

Elise (verbeugt sich wieder). Daraus wird nichts, mein Vater.

Harpagon (ebenso). Daraus wird was, meine Tochter.

Elise. Nein.

Harpagon. Ja.

Elise. Nein sag' ich.

Harpagon. Ja sag' ich.

Elise. Dazu werden Sie mich nicht bringen.

Harpagon. Dazu werde ich dich bringen.

Elise. Eher thu' ich mir ein Leid an, als daß ich einen solchen Mann nehme.

Harpagon. Du wirst dir kein Leid anthun, sondern du wirst diesen Mann nehmen. Aber seht mir den Trotzkopf! Hat man je eine Tochter so ihrem Vater begegnen sehen?

Elise. Und hat man je einen Vater seine Tochter so verheirathen sehen?

Harpagon. Gegen diese Partie läßt sich nichts einwenden und ich wette, alle Welt wird meine Wahl gut heißen.

Elise. Und ich wette, kein vernünftiger Mensch wird sie gut heißen.

Harpagon (Valer von ferne bemerkend). Da kommt Valer. Willst du, daß wir ihn in dieser Sache zum Schiedsrichter zwischen uns machen?

Elise. Meinethalb.

Harpagon. Wirst du dich seinem Urtheil unterwerfen?
Elise. Ja; ich will mir seinen Spruch gefallen lassen.
Harpagon. Gut so.

Siebenter Auftritt.

Valer, Harpagon, Elise.

Harpagon. Hierher, Valer! Wir haben dich erwählt, uns zu sagen, wer Recht hat, meine Tochter oder ich.
Valer. Sie, Herr, unstreitig.
Harpagon. Weißt du wohl, wovon wir sprechen?
Valer. Nein. Aber Sie sind die Vernunft selbst und können nie Unrecht haben.
Harpagon. Ich will ihr diesen Abend einen Mann geben, der eben so reich als gebildet ist, und der Grasaffe gibt es mir unter die Nase, daß es ihr nicht einfalle, ihn zu nehmen. Was sagst du dazu?
Valer. Was ich dazu sage?
Harpagon. Ja.
Valer. Hm — hm!
Harpagon. Nun?
Valer. Ich sage, daß ich im Grund Ihrer Meinung bin, und daß Sie unfehlbar Recht haben. Andrerseits hat auch sie nicht ganz Unrecht, und .....
Harpagon. Wie so? Dieser Herr Anselm ist eine ausgezeichnete Partie; er ist von ächtem Adel und dabei angenehm, gesetzt, gebildet und in sehr guten Umständen, hat auch kein Kind mehr aus erster Ehe. Wie könnte sie es besser treffen?
Valer. Allerdings. Aber sie könnte einwenden, daß das doch zu sehr über Hals und Kopf gehe, und daß man ihr wenigstens etwas Zeit lassen sollte, um zu sehen, ob sie ihre Neigung in Einklang bringen könnte mit .....
Harpagon. Nein, diese Gelegenheit muß man flugs beim Schopfe nehmen. Es bietet sich mir hier ein Vortheil, den ich sonst nicht wieder finden würde; denn er macht sich anheischig, sie ohne Mitgift zu nehmen.
Valer. Ohne Mitgift?
Harpagon. Ja.
Valer. Ah, da sag' ich nichts weiter. Freilich, das ist ein durchaus zwingender Grund; da gilt es sich zu fügen.
Harpagon. Für mich ist das eine Ersparniß.
Valer. Gewiß; das leidet keinen Widerspruch. Es ist wahr, Ihre Tochter könnte Ihnen zu bedenken geben, daß die Ehe ein viel wichtigerer Schritt ist als man sich vorstellt; daß es sich dabei um Glück oder Unglück für's ganze Leben handelt, und daß man einen Bund, der bis zum Tode dauern soll, nur mit großer Vorsicht schließen dürfe.
Harpagon. Ohne Mitgift!
Valer. Sie haben Recht: das entscheidet Alles; das versteht sich. Es könnte Einer kommen und sagen, daß bei solchen Gelegenheiten die Neigung einer Tochter immerhin ein Punkt sei, der Berücksichtigung verdiene, und daß bei so großer Ungleichheit in Jahren, Stimmung und Ansichten eine Ehe sehr traurig ablaufen könne.
Harpagon. Ohne Mitgift!
Valer. Ach! dagegen läßt sich nichts einwenden, gewiß nicht. Der Teufel selbst könnte nicht dawider sein! Wohl giebt es Väter genug, welche den Frieden ihrer Töchter höher anschlagen als das Geld, das sie mitgeben könnten; die, anstatt ihr Kind dem Eigennutz zu opfern, vor allem darauf ausgehen würden, eine Ehe zu stiften, deren Harmonie einen dauernden Zustand der Ehre, der Ruhe und der Freude verbürgte; und .....
Harpagon. Ohne Mitgift!
Valer. Es ist wahr; das schneidet jedes Wort ab. Ohne Mitgift! Wie sollte man gegen einen solchen Grund aufkommen können!
Harpagon (beiseite, nach dem Garten hinausblickend). Blitz! ich glaube ich höre einen Hund bellen. Will man vielleicht an mein Geld? (Zu Valer.) Bleib', ich bin gleich wieder da. (Ab.)

Achter Auftritt.
Elise, Valer.

Elise. Nein, Valer, wie magst du so mit ihm sprechen?

Valer. Ich thue es, damit er sich nicht ärgere und wir leichter an's Ziel kommen. Ihn vor den Kopf stoßen, hieße alles verderben; giebt es doch Känze, denen sich nur auf Umwegen beikommen läßt; Hitzköpfe, deren Temperament keinen Widerstand ertragen kann; stöckische Naturen, welche die Wahrheit in Harnisch bringt, die sich beständig gegen den geraden Weg der Vernunft stemmen, und die man nur im Bogen dahin bringt, wo man sie haben will. Gehst du scheinbar auf das ein, was er will, so erreichst du besser deinen Zweck; und . . . .

Elise. Aber diese Heirath, Valer!

Valer. Man wird Auskunftsmittel suchen, um sie zu hintertreiben.

Elise. Aber woher einen Einfall nehmen, wenn es schon diesen Abend zum Abschluß kommen soll?

Valer. Man muß um Aufschub bitten, muß sich krank stellen.

Elise. Aber man wird dahinter kommen, wenn man den Arzt ruft.

Valer. Sprichst du im Ernst? Wissen die Aerzte etwas? Geh, geh, ihrethalb kannst du dir jede Krankheit beilegen: sie werden dir auf's Haar hin sagen, von was sie kommt.

Neunter Auftritt.
Harpagon, Elise, Valer.

Harpagon (beiseite, im Hintergrund). Es ist nichts, Gott sei Dank!

Valer (ohne Harpagon zu sehen). Und dann, wenn alle Stränge reißen, so suchen wir unser Heil in der Flucht; wenn nur deine Liebe, schönste Elise, standhaft genug ist ... (Er bemerkt Harpagon). Ja wohl, eine Tochter muß ihrem Vater gehorchen. Sie muß nicht darauf sehen, aus welchem Stoffe der Mann ist, den sie heirathen soll; und wenn der Trumpf ohne Mitgift aus-gespielt wird, so nehmen, was ma[n . . .]

Harpagon. [Vernünf]lich gesprochen!

Valer. Ver[zeihen Sie] ich etwas in's [. . .] einen solchen T[on] herausnehme.

Harpagon. Du sollst unbes[orgt] haben. (Zu Elise) die Gewalt, die dich giebt, über warte, daß du [. . .] heißen wird.

Valer (zu Elis[e]) Sie noch meinen [. . .]

Zehnte[r Auftritt]
Harp[agon . . .]

Valer. Ich [. . .] und meine Lekti[on . . .]

Harpagon. Gefallen. Wahr[. . .]

Valer. Es [. . .] straff im Zügel [. . .]

Harpagon. muß . . . .

Valer. Bem[. . .] glaube mit ihr [. . .]

Harpagon. mache einen klei[nen . . .] und komme glei[ch . . .]

Valer (spricht sich nach der Richt[ung . . .] ist). Ja, das G[. . .] ter der Sonne, Himmel danken, rechtschaffenen B[. . .] weiß was Leben erbietet, ein M[. . .] nehmen, so müss[en . . .] ten schwinden. O; ohne Mitg[ift . . .] gend, Abkunft, Eh[re . . .]

Harpagon. Spricht er nicht dem, der einen [. . .]

Zweiter Akt.

Erster Auftritt.
Kleanth, Pfeil.

Kleanth. Ha Schlingel, der du bist! wo hast du wieder gesteckt? Hab' ich dir nicht befohlen . . . .

Pfeil. Ja, Herr, ich war auch hieher gekommen, um Sie standfest zu erwarten; aber Ihr Herr Vater, der unliebsamste der Menschen, hat mich aus dem Hause gejagt, ob ich wollte oder nicht, und obendrein hätt' es noch Prügel setzen können.

Kleanth. Wie steht unser Handel? Es brennt mir mehr als je auf die Nägel; denn seit ich dich zuletzt gesehn, hab' ich erfahren müssen, daß mein Vater mein Nebenbuhler ist.

Pfeil. Ihr Vater verliebt?

Kleanth. Ja; und ich hatte alle erdenkliche Mühe, ihm meine Aufregung über diese Neuigkeit zu verbergen.

Pfeil. Er, sich auf's Lieben legen! Was Teufel fällt ihm denn ein? Will er der Welt eine Nase drehen? Seit wann ist denn die Liebe für Leute seines Schlags?

Kleanth. Zur Strafe meiner Sünden hat ihn diese Leidenschaft anwandeln müssen.

Pfeil. Aber warum ihm ein Geheimniß aus Ihrer Liebe machen?

Kleanth. Um ihm weniger Grund zum Argwohn zu geben und mir nöthigenfalls den Weg offen zu halten, auf dem ich diese Heirath abwenden kann. — Was bringst du für Bescheid?

Pfeil. Schwerenoth, Herr! wer Geld borgt, ist übel daran, und wer gar wie Sie den Blutsaugern in die Hände fällt, der muß Haut und Haar lassen.

Kleanth. Will sich's nicht machen?

Pfeil. O doch. Unser Meister Simon, der Mäkler, an den man uns gewiesen hat, ein rühriges Männchen und voll Eifer, sagt, daß er die ganze Stadt für Sie ausgelaufen sei, und er versichert, schon Ihr Gesicht habe ihm das Herz gewonnen.

Kleanth. Ich bekomme also die fünfzehntausend Franken, die ich haben will?

Pfeil. Ja; aber Sie müssen sich zu einigen Konditiönchen verstehen, wenn etwas aus der Sache werden soll.

Kleanth. Hat er dich mit dem zusammengebracht, der das Geld herleihen wird?

Pfeil. Beileibe nicht! das geht nicht so. Jener thut noch viel heimlicher als Sie selbst, und Sie glauben nicht, mit welchem Brimborium die Sache behandelt wird. Man will durchaus seinen Namen nicht sagen; am dritten Orte, in einem Miethhause, soll er heute mit Ihnen zusammentreffen, damit Sie ihm persönlich über Ihr Vermögen und Ihre Familie Auskunft geben; und ich zweifle nicht, daß der bloße Name Ihres Vaters die Sache auf die Bahn bringt.

Kleanth. Und vor allem, daß unsere Mutter todt ist, deren Vermögen man mir nicht vorenthalten kann.

Pfeil. Hier sind einige Punkte, die er selbst unsrem Agenten diktirt hat, damit man sie Ihnen vorweise, ehe ein weiterer Schritt geschieht:

„In Vorbehalt, daß der Darleiher keine seiner Sicherheiten vermißt, und daß der Entlehner volljährig und aus einem Hause ist, wo das Vermögen ansehnlich, solid, ungefährdet, durchsichtig und unbelästigt, wird man eine gute und genaue Schuldverschreibung vor einem Notar machen, einem Ehrenmanne, wie er sich nur finden läßt, und den zu diesem Behuf der Darleiher auswählt, dem das Meiste daran liegt, daß das Aktenstück in aller Form Rechtens abgefaßt sei."

Kleanth. Dagegen läßt sich nichts sagen.

Pfeil. „Um sich jeden Gewissensskrupel fern zu halten, macht der Darleiher nur auf fünf und ein halbes Prozent Zinsen Anspruch."

Kleanth. Fünf ein halb Prozent? Weiß Gott, das ist anständig! Da kann man sich nicht beklagen.

2*

Pfeil. Das ist wahr.

„Aber, da besagter Darleiher die fragliche Summe nicht vorräthig hat, und da er, um dem Entlehner an die Hand gehen zu können, sie selbst bei einem Andern zu zwanzig Prozent aufnehmen muß: so wird es zukömmlich sein, daß besagter erster Entlehner, unbeschadet des Uebrigen, diesen Zins bezahle, in Anbetracht, daß besagter Darleiher nur um ihm zu dienen, sich dieser Geldaufnahme unterzieht."

Kleanth. Was zum Teufel! welcher Jude, welcher Türke ist das? So macht es ja mehr als fünfundzwanzig Prozent.

Pfeil. Es ist wahr; ich hab' es ja gesagt. Sie müssen eben nun überlegen.

Kleanth. Was ist da viel zu überlegen? Ich brauche Geld und muß wohl zu allem Ja sagen.

Pfeil. Das war auch meine Antwort.

Kleanth. Hängt noch etwas daran?

Pfeil. Nur noch ein Artikelchen.

„Von den fünfzehntausend Franken, die man verlangt, wird der Darleiher nur zwölftausend in baarem Gelde schaffen können, und statt der restirenden tausend Thaler wird der Entlehner Geräthe, Spielzeug, Geschmeide nehmen müssen, wovon ein Verzeichniß hiebei folgt, in welchem besagter Darleiher nach Pflicht und Gewissen die möglichst billigen Preise angesetzt hat."

Kleanth. Was soll das heißen?

Pfeil. Hören Sie das Verzeichniß:

„Erstlich ein vierstolliges Gardinen-Bett mit Bändern in Ungarischem Stich, die sehr hübsch auf einem olivenfarbenen Stoff angebracht sind, nebst sechs Sesseln und einer Prachtdecke aus gleichem Stoff: alles gut erhalten und mit roth und blauem Schiller-Tafft gefüttert.

Ferner einen Betthimmel, von guter blaßrother Sarsche mit seidenen Franzen und Quasten."

Kleanth. Was soll ich damit machen?

Pfeil. Warten Sie,

„Ferner, eine Tapete mit der Liebesgeschichte von Hero und Leander. Ferner, einen großen doppelten Auszugtisch von Nußbaumholz mit zwölf Säulen oder gedrehten Stäben, nebst sechs unten angebrachten Schemeln."

Kleanth. Alle Wetter! wozu soll mir das?

Pfeil. Nur Geduld! —

„Ferner, drei große Musketen, ganz mit Perlmutter eingelegt, nebst zugehörigen Schießgabeln.

„Ferner, einen Ofen aus Backstein mit zwei Retorten und drei Vorlagen, sehr dienlich für Leute, die sich mit Destilliren befassen."

Kleanth. Es ist zum rasend werden!

Pfeil. Nur ruhig.

„Ferner, eine Bologneser Laute, mit allen ihren Saiten bezogen, woran wenig fehlt.

„Ferner, ein Kammer- und ein Damenspiel, nebst einem Gänsespiel, neu nach dem Griechischen, ein artiger Zeitvertreib, wenn man nichts zu thun hat.

„Ferner, eine Eidechsenhaut, viertehalb Fuß lang und mit Heu ausgestopft: eine anmuthige Merkwürdigkeit zum Aufhängen an einer Zimmerdecke.

„Alles oben Erwähnte ist unter Brüdern mehr als viertausendfünfhundert Livres werth, aber nur zu tausend Thalern angeschlagen, kraft der Bescheidenheit des Darleihers."

Kleanth. Daß ihn die Pest verzehre mit sammt seiner Bescheidenheit, den Schurken, den Henkersknecht, der er ist! Hat man je von solchem Wucher gehört? Nicht zufrieden mit den rasenden Zinsen, die er verlangt, soll ich ihm auch noch für breitausend Livres den alten Schund abnehmen, den er zusammengeschleppt! Keine zweihundert Thaler löse ich aus dem ganzen Quark; und doch muß ich mich entschließen, auf seine Bedingungen einzugehen, denn er hat mich ganz in der Hand, der Ruchlose, und setzt mir die Pistole auf die Brust.

Pfeil. Nehmen Sie mir's nicht übel, Herr, aber ich sehe Sie geradewegs auf Ihr Verderben lossteuern, wie einst Panurg: Geld aufnehmen, theuer einkaufen, wohlfeil verkaufen, und sein Brod auf dem Halme essen.

Kleanth. Was soll ich aber anders machen? Dahin gerathen junge Leute durch den verdammten Geiz ihrer Väter, und man wundert sich noch, daß die Söhne sie in's Grab wünschen!

Pfeil. Man muß zugeben, daß der Ihrige den ruhigsten Mann von der Welt gegen seine Schäbigkeit aufbringen könnte. Ich habe Gottlob keinen Hang zu Galgenkünsten, und unter meinen Collegen, die ihre Finger in viele Lumpereien stecken, weiß ich mich immer aus der Schlinge zu ziehen und mich vorsichtig aus all den Ritterlichkeiten loszuwickeln, die ein wenig nach der Leiter riechen; aber wie es Ihr Vater treibt, so muß ich offen sagen, daß ich ihn für mein Leben gern bemausen würde, und ich glaubte damit noch ein gutes Werk zu thun.

Kleanth. Gib mir einen Augenblick das Verzeichniß, daß ich es noch einmal ansehe.

Zweiter Auftritt.

Harpagon, Meister Simon; Kleanth und Pfeil im Hintergrund.

Meister Simon. Ja, gnädiger Herr, ein junger Mann braucht das Geld; er ist arg im Gedränge und wird auf alle Ihre Bedingungen eingehen.

Harpagon. Aber glaubet Ihr, Meister Simon, daß man keine Gefahr dabei läuft? und kennt Ihr seinen Namen, seine Verhältnisse und Familie?

Meister Simon. Nein. Eigentlich kann ich Ihnen keine rechte Auskunft darüber geben; es ist reiner Zufall, daß man mich an ihn gewiesen hat; aber Sie werden alles von ihm selbst erfahren, und sein Diener hat mich versichert, daß seine Persönlichkeit Ihnen zusagen wird. Alles was ich Ihnen sagen kann, ist, daß er aus einem sehr reichen Hause ist, daß keine Mutter mehr da ist, und daß er sich verbindlich machen will, daß sein Vater stirbt, noch ehe acht Monate in's Land gehen.

Harpagon. Das läßt sich hören. Die Nächstenliebe, Meister Simon, legt uns die Pflicht auf zu dienen, wo wir können.

Meister Simon. Das versteht sich.

Pfeil (leise zu Kleanth, indem er Meister Simon erkennt). Was soll das heißen? Unser Meister Simon im Gespräch mit Ihrem Vater!

Kleanth (leise zu Pfeil). Ob man ihm gesagt hat, wer ich bin? und ob du im Stande bist, mich zu verrathen?

Meister Simon (zu Pfeil). Ei! ei! Ihr macht es arg dringend! Wer hat Euch denn gesagt, daß es hier im Hause ist? (Zu Harpagon.) Wenigstens von mir, gnädiger Herr, wissen sie Ihren Namen und Ihre Wohnung nicht; aber ich dächte, es verschlägt weiter nichts; die Leutchen sind verschwiegen, und Sie können sich hier mit einander in's Reine setzen.

Harpagon. Wie so?

Meister Simon (auf Kleanth zeigend). Der junge Herr da will von Ihnen die bewußten fünfzehntausend Livres borgen.

Harpagon. Wie, Taugenichts! du ergibst dich so sträflichen Ausschweifungen?

Kleanth. Wie, mein Vater, Sie treiben ein so schimpfliches Gewerbe? (Meister Simon läuft davon, Pfeil versteckt sich.)

Dritter Auftritt.

Harpagon, Kleanth.

Harpagon. Du willst dich also durch so verdammliche Anlehen zu Grunde richten?

Kleanth. Sie wollen sich also durch so verbrecherischen Wucher bereichern?

Harpagon. Wagst du wohl hinfort noch dich vor mir blicken zu lassen?

Kleanth. Wagen Sie wohl hinfort noch sich vor der Welt blicken zu lassen?

Harpagon. Sage mir, schämst du dich nicht, auf solche Streiche zu verfallen, dich in so haarsträubende Schulden zu stürzen, und was deine Eltern mit so viel Schweiß erworben haben, so schmählich zu vergeuden?

Kleanth. Erröthen Sie nicht, Ihren Stand durch so schmutzige Geschäfte zu entehren, der unersättlichen Gier, Thaler auf Thaler zu häufen, Ansehen und guten Namen zu opfern, und aus Gewinnsucht die nichtswürdigsten Kniffe zu überbieten, die von den berüchtigtsten Wucherern jemals ausgeheckt worden sind?

Harpagon. Geh' mir aus den Augen, Schlingel! geh' mir aus den Augen!

Kleanth. Sagen Sie selbst, wer strafbarer ist: einer der Geld kauft, das er braucht, oder einer der Geld stiehlt, das er nicht braucht?

Harpagon. Geh' deiner Wege, sag' ich, und mach mir den Kopf nicht warm! (allein.) Ich bin diesem Vorfall nicht gram; er soll mir eine Warnung sein, daß ich seine Schritte mehr als je im Auge behalte.

Vierter Auftritt.
Frosine, Harpagon.

Frosine. Herr Harpagon . . . . .

Harpagon. Nur einen Augenblick Geduld: ich bin gleich wieder zu Diensten, (beiseite.) Es ist rathsam, daß ich auf einen Sprung nach meinem Geld sehe.

Fünfter Auftritt.
Pfeil, Frosine.

Pfeil (ohne Frosine zu sehen). Eine höchst drollige Geschichte das! Er muß wohl irgendwo eine große Rumpelkammer haben, denn ich erinnere mich nicht, einen von den Artikeln des Verzeichnisses schon gesehen zu haben.

Frosine. Ei du bist's, mein guter Pfeil? Wie kommt's, daß wir uns hier treffen?

Pfeil. Ah! Ah! du bist's, Frosine? Was willst du hier umtreiben?

Frosine. Was ich überall sonst umtreibe: die Unterhändlerin machen, den Leutchen an die Hand gehen, und das bischen Talent, das ich haben mag, so gut als möglich ausbeuten; du weißt, daß man in dieser Welt von seinem Grütz leben muß, und daß der Himmel unser einem keine andern Einkünfte verliehen hat, als Kuppeln und Knuppeln.

Pfeil. Hast du ein Geschäft mit dem Herrn vom Haus?

Frosine. Ja. Ich besorge ihm eine Kleinigkeit, wo mir, denk' ich, etwas abfällt.

Pfeil. Abfällt? Ach du liebe Zeit! das mußt du pfiffig angreifen, wenn du bei ihm etwas holen willst; und laß dir nur sagen, daß das Geld hierorts sehr theuer ist.

Frosine. Es gibt gewisse Dienstleistungen, die prächtig ziehen.

Pfeil. Gehorsamer Diener! du kennst den Herrn Harpagon noch nicht. Der Herr Harpagon ist von allen Menschenkindern das unmenschlichste Menschenkind, von allen Sterblichen der hartgesottenste Sterbliche. Es gibt keine Dienstleistung, die seine Erkenntlichkeit zum Handaufthun treiben könnte. Lob, Achtung, Wohlwollen in Worten, und Freundschaft, so viel du willst, aber Geld? keinen Groschen! Nichts ist so dürr und trocken als seine Artigkeiten und Liebkosungen; und geben ist ein Wort, vor dem er ein solches Grauen hat, daß er nie sagt: ich gebe dir die Hand darauf, sondern ich leihe dir die Hand.

Frosine. Mein Gott! ich weiß wie man mit den Leuten umgehen muß; ich kenne das Geheimniß, wie man gut Freund mit ihnen wird, wie man ihre Herzen kitzelt und die Stellen findet, wo es ihnen wohl thut.

Pfeil. Bei ihm — alles Kinderei! Was gilt's, daß du den Mann, von dem hier die Rede ist, im Geldpunkt nicht zum Aufthauen bringst? Er ist ein Türke in diesem Stück, aber so türkenmäßig, daß er die ganze Welt zur Verzweiflung bringt; eher ließ' er einen krepiren, als daß er weich gäbe. Mit einem Wort, er liebt das Geld mehr als guten Namen, als Ehre und als Tugend. Der Anblick eines, der von ihm haben will, macht ihm Krämpfe, das trifft ihn in's Leben, das bohrt ihm in's Herz, das reißt ihm die Eingeweide aus, und wenn .... Doch da kommt er wieder: ich mach' mich aus dem Staube. (Ab.)

Sechster Auftritt.
Harpagon, Frosine.

Harpagon (leise). Alles ist in Ordnung. (laut) Ei nun, Frosine, wie steht's?

Frosine. Ach du Zeit! wie Sie sich gut halten, wie prächtig Sie aussehen!

Harpagon. Wer? ich?

Frosine. Noch nie hab' ich Sie so frisch und munter gesehen.

Harpagon. Im Ernst?

Frosine. Ih! in Ihrem Leben sind Sie nicht so jung gewesen wie jetzt; ich kenne Leute von fünfundzwanzig Jahren, die viel älter aussehen als Sie.

Harpagon. Indessen, Frosine, ich habe meine guten sechzig auf dem Rücken.

Frosine. Je nun, was will das heißen, sechzig Jahre? ist nur was Rechtes! Das ist die Maienzeit, das, und jetzt treten Sie in das schöne Mannesalter.

Harpagon. Mag sein; aber zwanzig Jahre weniger würden mir glaub' ich doch nicht weh thun.

Frosine. Sie spaßen! Sie haben das nicht nöthig, Sie sind aus einem Zeug, womit man hundert Jahre alt wird.

Harpagon. Glaubst du?

Frosine. Gewiß. Alles an Ihnen spricht dafür. Halten Sie ein wenig — oh! zwischen Ihren beiden Augen ist deutlich zu lesen, daß Sie langlebig sind.

Harpagon. Du verstehst dich auf dergleichen?

Frosine. Und wie! Zeigen Sie mir Ihre Hand. O Schicksal, welche Lebenslinie!

Harpagon. Wie? wo?

Frosine. Sehen Sie nicht, wie weit diese Linie da geht?

Harpagon. Nun ja, was bedeutet das?

Frosine. Himmelskönig! ich sagte hundert Jahre; aber Sie bringen's höher als hundertundzwanzig.

Harpagon. Ist's möglich?

Frosine. Ich sag' Ihnen, man wird Sie todtschlagen müssen; Sie begraben Kinder und Kindskinder.

Harpagon. Um so besser! Aber wie steht unsere Sache?

Frosine. Braucht's der Frage? Sieht man mich in's Wasser gehen, ohne daß ich durchschwimme? Sonderlich zum Heirathstiften hab' ich ein merkwürdiges Talent. Es gibt wenige Er und Sie in der Welt, daß ich nicht alsbald Rath wüßte, wie das Pärchen zusammen bringen; ja ich glaube, wenn ich mir's in Kopf gesetzt hätte, ich würde den Sultan mit der Republik Venedig verheirathen. So hart ging's nun hier wohl nicht her. Da ich bei jenen Damen sonst aus- und eingehe, so habe ich sie, die Mutter und die Tochter, ausführlich von Ihnen unterhalten, und ich habe der Mutter von Ihren Absichten auf Marianne gesagt, seit Sie das Mädchen auf der Straße und am Fenster gesehn.

Harpagon. Worauf sie erwiderte ....

Frosine. Sie hat den Vorschlag mit Freuden angenommen: und als ich Ihren dringenden Wunsch zu erkennen gab, daß Marianne heute Abend zugegen sein möchte, wenn Ihrer Tochter Ehevertrag geschlossen wird, so hat sie gleich eingewilligt und mir das Mädchen für diese Zeit anvertraut.

Harpagon. Ich muß nämlich dem Herrn Anselm ein Abendessen geben, und werde mich sehr freuen, wenn sie mein Gast ist.

Frosine. Ganz recht. Nach dem Mittagessen soll sie Ihrer Tochter einen Besuch machen, dann hat sie vor, einen Gang auf den Markt zu thun, und hernach hieher zu Tisch zu kommen.

Harpagon. Ei, sie können zusammen in meiner Kutsche fahren, die ich ihnen leihen werde.

Frosine. Das wird ihr ganz recht sein.

Harpagon. Aber Frosine, hast du mit der Mutter auch wegen der Mitgift gesprochen? Hast du ihr gesagt, es sei vonnöthen, daß sie bei einer Gelegenheit wie diese sich ein wenig zusammennehme, daß sie eine Anstrengung mache, ja daß sie sich weh thue? Denn am Ende heirathet man doch kein Mädchen, ohne daß sie etwas mitbrächte.

Frosine. Was wollen Sie? Das Mädchen bringt Ihnen zwölftausend Livres Rente mit.

Harpagon. Zwölftausend Livres Rente?

Frosine. Ja wohl. Für's erste ist sie, was die Kost betrifft, äußerst einfach erzogen und gehalten. So ein Mädchen ist gewöhnt mit Salat, Milch, Käse, Obst fürlieb zu nehmen, und braucht deshalb weder eine wohlbesetzte Tafel noch köstliche Brühen, noch den ewigen Gerstenschleim, noch die andern Leckereien, die sonst bei Frauen an der Tagesordnung sind; und das läuft in's Geld und mag sich leicht jährlich auf mindestens dreitausend Franken berechnen. Sodann hält sie nur auf ganz einfache Sauberkeit und will nichts von kostbaren Kleidern wissen, oder von theurem Schmuck, oder von prunkhaften Möbeln, worauf die Weiber so versessen sind, und dieser Artikel beträgt mehr als viertausend Livres des Jahrs. Ferner ist ihr das Spiel ein wahrer Gräuel, was man sonst heutzutag den Frauen nicht nachsagen kann; weiß ich doch eine in unserer Nachbarschaft, welche dieses Jahr am Spieltisch zwanzigtausend Franken eingebrockt hat. Aber nur das Viertel gerechnet: Fünftausend Franken jährlich im Spiel, viertausend Franken in Kleidern und Schmuck, thut neun tausend Franken, dazu tausend Thaler welche wir auf die Kost schlagen dürfen, — haben Sie da nicht jährlich Ihre zwölftausend Franken auf den Pfennig?

Harpagon. Ja: das ist nicht übel, aber diese Rechnung ist nur Blendwerk.

Frosine. Bitt' um Verzeihung. Ist es nur Blendwerk, wenn man Ihnen eine große Mäßigkeit im Essen in die Ehe bringt, und die Erbschaft einer großen Liebe zur Einfachheit im Putz, und die Errungenschaft eines großen Kapitals von Abscheu vor dem Spiel?

Harpagon. Das sind Possen, mir ihr Beibringen in lauter Ausgaben vorrechnen zu wollen, die sie nicht machen wird. Ich quittire für nichts, was ich nicht empfange; und ich möchte gern etwas Greifbares haben.

Frosine. Lieber Gott! Sie werden genug zu greifen bekommen. Auch haben mir die Damen von einem gewissen Lande gesprochen, wo sie Güter besitzen, die Ihnen zufallen sollen.

Harpagon. Wollen sehen. Aber, Frosine, es ist noch ein Punkt, der mich beunruhigt. Das Mädchen ist jung, wie du siehst, und junge Leute lieben gewöhnlich nur ihresgleichen und halten sich nur zur Jugend; da fürcht' ich, ein Mann von meinen Jahren möchte nicht nach ihrem Geschmack sein, und es möchten daraus gewisse kleine Unordnungen entspringen, die mir nicht zusagen.

Frosine. Ach wie schlecht Sie das Mädchen kennen! Das ist noch eine besondere Eigenschaft an ihr, die ich Ihnen rühmen muß. Sie hat eine unbegrenzte Abneigung vor jungen Leuten und liebt nur die Alten.

Harpagon. Marianne?

Frosine. Ja, Marianne. Ich wollte Sie hätten sie über diesen Punkt sprechen hören. Der Anblick eines jungen Mannes ist ihr unerträglich; dagegen gibt es für sie kein größeres Entzücken, sagt sie, als wenn sie einen schönen Greis mit einem majestätischen Bart sehen kann. Je älter einer ist, desto reizender ist er für sie, und ich möchte Ihnen rathen, daß Sie sich ja nicht jünger machen als Sie sind. Sie verlangt zum mindesten einen Sechziger, und es sind noch keine vier Monate her, daß sie auf dem Sprung gewesen sich zu verheirathen, aber das Verhältniß mir nichts dir nichts abgebrochen hat, weil sich herausstellte, daß ihr Bräutigam erst sechsundfünfzig Jahre alt war, und weil er beim Unterzeichnen des Kontraktes keine Brille aufsetzte.

Harpagon. Nur deshalb?

Frosine. Ja. Sie sagt, sechsundfünfzig Jahre sei ihr nicht alt genug, und hauptsächlich ist sie für Nasen eingenommen, die Brillen tragen.

Harpagon. Wahrlich, du gibst mir da etwas ganz Neues zu hören.

Frosine. Das geht weiter als sich sagen läßt. In ihrem Zimmer hat sie einige Gemälde und Kupferstiche hängen, aber was für Gegenstände glauben Sie? Adonisse, Kephalusse, Parisse, Apollons? O nein: schöne Porträts vom Saturnus, vom König Priamus, vom alten Nestor und vom guten Vater Anchises auf den Schultern seines Sohnes.

Harpagon. Das ist wunderbar. So etwas hätte ich nie gedacht, und es freut mich sehr zu hören, daß sie von solcher Gemüthsart ist. Wahrhaftig, wenn ich als Frauenzimmer auf die Welt gekommen wäre, ich hätte auch das junge Volk nicht leiden mögen.

Frosine. Glaub's wohl. Ist mir schöne Waare, die jungen Laffen, um sich drein zu verlieben! schöne Feuchtohren sind's, schöne Maikäfer, — wie kann man nur Lust zu ihrem Balge kriegen! ich möchte gern wissen, was an denen Leckeres sein soll.

Harpagon. Ich versteh' es auch nicht und begreife nicht, wie manche Weiber so vernarrt in sie sein können.

Frosine. Da muß man schon ganz verrückt sein. Heißt es denn Verstand haben, wenn man die Jugend liebenswürdig findet? Sind das überhaupt Menschen, diese jungen Stutzer? und kann man sein Herz an solches Affenzeug hängen?

Harpagon. Alle Tage sag' ich das: mit ihrer Kapaunenstimme, ihrem dreispurigen Katzenbart, ihren Wergperücken, ihren Pluderhosen und offenen Brustlätzen!

Frosine. Ei da soll man dagegen ein Bild wie Sie betrachten! das heiß' ich einen Mann, das ist Augenweide; ja so muß man gebaut und gekleidet sein, um Liebe zu erwecken!

Harpagon. Findest du mich recht?

Frosine. Was? zum Entzücken sind Sie, zum Malen! Wenden Sie sich gefälligst ein wenig. Es ist alles Mögliche. Und gehen möcht' ich Sie sehen. Das nenn' ich eine Statur, frank und frei, und keine Spur von einer Beschwerde.

Harpagon. Gottlob ich habe deren keine von Belang. Nur mein Katarrh meldet sich von Zeit zu Zeit.

Frosine. Das will nichts heißen. Ihr Katarrh kleidet Sie gar nicht übel, und Sie husten mit Anmuth.

Harpagon. Sag' mir doch: hat mich Marianne noch nicht gesehen? hat sie nicht auf mich Acht gegeben, wenn ich vorüberging?

Frosine. Nein, aber wir haben uns lebhaft von Ihnen unterhalten. Ich habe ihr ein Bild von Ihrer Person gemacht und nicht ermangelt, Sie bei ihr herauszustreichen und ihr zu zeigen, wie vortheilhaft es für sie sein müsse, einen Mann zu bekommen wie Sie.

Harpagon. Das hast du brav gemacht und ich danke dir dafür.

Frosine. Herr Harpagon, ich hätte eine kleine Bitte an Sie. Ich habe einen Prozeß, den ich nahe daran bin zu verlieren, weil es mir an einem Sümmchen Geldes mangelt. (Harpagon nimmt eine ernsthafte Miene an.) Sie könnten mir leicht dazu verhelfen, daß ich den Prozeß gewinne, wenn Sie nur Ihre Hand aufthun wollten ... Sie können nicht glauben', was sie für eine Freude haben wird, Sie zu sehen. (Harpagon nimmt wieder eine heitere Miene an.) Ach, wie werden Sie ihr gefallen, und welchen unvergleichlichen Eindruck wird Ihre altmodische Krause auf sie machen! Am meisten aber wird sie Ihre an's Wamms genestelte Hose entzücken. Das wird sie ganz vernarrt in Sie machen;

ein genestelter Bräutigam wird für sie ein wahres Festessen sein.

Harpagon. Wahrlich, du machst mich ganz glücklich, indem du das sagst.

Frosine. In der That, Herr Harpagon, dieser Prozeß ist höchst wichtig für meine Zukunft. (Harpagon nimmt seine ernsthafte Miene wieder an.) Wenn ich ihn verliere, so bin ich zu Grunde gerichtet, und eine kleine Beihilfe könnte mich schnell auf den Damm bringen... Ich wollte Sie wären Zeuge des Entzückens gewesen, mit dem sie mich von Ihnen reden hörte. (Harpagon nimmt seine heitere Miene wieder an.) Bei meiner Schilderung Ihrer Eigenschaften strahlte sie vor Freude, und ich steigerte zuletzt ihre Ungeduld, diese Heirath vollzogen zu sehen, auf's höchste.

Harpagon. Du hast mich sehr erfreut, Frosine, und ich gestehe, daß ich mich dir unendlich verpflichtet fühle.

Frosine. Ich bitte Sie, gnädiger Herr, versagen Sie mir die kleine Aushilfe nicht, um die ich Sie angegangen. (Harpagon nimmt wieder eine ernsthafte Miene an.) Das reißt mich heraus, und ich werde Ihnen ewig dankbar bleiben.

Harpagon. Leb' wohl. Ich muß jetzt meine Schreibereien fertig machen.

Frosine. Ich versichere Sie, daß Sie mir in keiner größeren Verlegenheit unter die Arme greifen könnten.

Harpagon. Ich werde Befehl geben, daß meine Kutsche pünktlich bereit sei, euch auf den Markt zu fahren.

Frosine. Ich würde Sie gewiß nicht belästigen, wenn mich nicht die Noth dazu zwänge.

Harpagon. Auch werde ich sorgen, daß man zu rechter Zeit zu Abend ißt, damit ihr mir nicht krank werdet.

Frosine. Verweigern Sie mir die Gunst nicht, um die ich Sie anflehe. Sie glauben nicht, welche Freude —

Harpagon. Ich muß gehen. Man ruft mich. Also auf Wiedersehen! (Ab.)

Frosine (allein). Daß dich das Fieber schüttle, filziger Hund, bis in die Hölle! Der Kahlmäuser ist bei allen meinen Angriffen fest geblieben; aber ich darf doch das Geschäft nicht schnappen lassen; auf jeden Fall bleibt mir die andere Seite, wo mir eine gute Belohnung nicht fehlen kann.

Dritter Akt.

Erster Auftritt.

Harpagon, Kleanth, Elise, Valer, Frau Schöps mit einem Besen, Meister Jakob, Stockfisch, Haberstroh.

Harpagon. Nun denn, kommt alle herbei, daß ich euch meine Befehle ertheile für den Abend, und jedem sein Geschäft anweise. Tritt näher, Frau Schöps; an dich mag's zuerst kommen. Gut, du bringst gleich dein Gewehr mit; du hast dafür zu sorgen, daß überall geputzt ist, und vor allem nimm dich in Acht, daß du die Möbel nicht zu stark reibest, damit sie nicht abgenutzt werden. Außerdem hast du während der Mahlzeit die Aufsicht über die Flaschen; wenn eine wegkommt oder etwas zerbrochen wird, so halte ich mich an dich und ziehe dir's am Lohn ab.

Meister Jakob (beiseite). Eine pfiffige Strafe!

Harpagon (zu Frau Schöps). Geh.

Zweiter Auftritt.

Die Vorigen, ohne Frau Schöps.

Harpagon. Haberstroh und Stockfisch, euer Amt sei Gläser spülen und einschenken, aber Notabene, nur wenn Jemand Durst hat, und daß ihr mir's nicht machet wie gewisse impertinente Aufwärter, welche die Gäste ohne weiteres auffordern und an's Trinken mahnen, während keiner daran gedacht hätte. Wartet, bis man wiederholt darnach verlangt, und versehet euch ja immer gut mit Wasser.

Meister Jakob (beiseite). Freilich, der pure Wein steigt zu Kopf.
Stockfisch. Herr, sollen wir unsere Stallkittel ausziehen?
Harpagon. Ja, wenn ihr die Gäste kommen seht, und nehmt euch in Acht, daß ihr eure Kleider nicht verderbet.
Haberstroh. Wie Sie wissen, Herr, hat meine Jacke vorn einen großen Lampenöl-Flecken.
Stockfisch. Und meine Hose, Herr, hat hinten ein großes Loch: man sieht mir, mit Respekt zu melden . . . .
Harpagon (zu Stockfisch). Schweig! Wende das geschickt nach der Wand und zeige dich den Leuten immer von vorne . . . . . . (Zu Haberstroh, indem er ihm zeigt, wie er seinen Hut vor seine Jacke halten soll, um den Oelflecken zu verbergen.) Und du hältst immer deinen Hut so, wenn du aufwartest. (Stockfisch u. Haberstroh ab.)

Dritter Auftritt.

Harpagon, Kleanth, Elise, Valer, Meister Jakob.

Harpagon. Du, meine Tochter, wirst ein Auge auf den Abtrag haben und sorgen, daß es nicht darüber her geht; das steht einem Mädchen wohl an. Indessen halte dich bereit, meine Dame gut zu empfangen: sie wird dir einen Besuch machen und mit dir auf den Markt fahren. Hörst du, was ich dir sage?
Elise. Ja, mein Vater. (Ab.)

Vierter Auftritt.

Harpagon, Kleanth, Valer, Meister Jakob.

Harpagon (zu Kleanth). Auch du, junger Herr, dem ich die Geschichte von vorhin meinetwegen verzeihen will, daß du dir ja nicht einfallen lässest, ihr ein Gesicht zu schneiden.
Kleanth. Ich, Vater? ein Gesicht schneiden? aus welchem Grunde denn?
Harpagon. Lieber Gott! Man kennt ja die Liebenswürdigkeit der Kinder, deren Väter wieder heirathen, und mit was für Augen sie das Ding ansehen, das man Stiefmutter nennt. Aber wenn ich deinen letzten Lumpenstreich vergessen soll, so empfehle ich dir vor allem, diesem Mädchen eine freundliche Miene zu zeigen und sie überhaupt so gut zu empfangen, als es dir möglich ist.
Kleanth. Wenn ich aufrichtig sein soll, mein Vater, so kann ich Ihnen nicht versprechen, vergnügt darüber zu sein, daß sie meine Stiefmutter wird: ich müßte lügen, wenn ich das sagte. Aber was artigen Empfang und ein freundliches Gesicht betrifft, in diesem Stück verspreche ich Ihnen pünktlichen Gehorsam.
Harpagon. Laß dir dieß ja recht angelegen sein.
Kleanth. Sie sollen keinen Grund zur Klage haben.
Harpagon. Das hoffe ich. (Kleanth ab.)

Fünfter Auftritt.

Harpagon, Valer, Meister Jakob.

Harpagon. Valer, hilf mir da ein wenig. Und nun, Meister Jakob, dich hab' ich bis zuletzt aufgespart.
Meister Jakob. Herr, wollen Sie mit Ihrem Kutscher sprechen oder mit Ihrem Koch? denn ich bin beides in einer Person.
Harpagon. Mit allen beiden.
Meister Jakob. Aber mit welchem von beiden zuerst?
Harpagon. Mit dem Koch.
Meister Jakob. Nur einen Augenblick, wenn ich bitten darf. (Meister Jakob zieht seinen Stallkittel aus und steht nun als Koch gekleidet.)
Harpagon. Was zum Henker für Fratzen sind das?
Meister Jakob. Sie können jetzt schon anfangen.
Harpagon. Ich habe mich anheischig gemacht, Meister Jakob, heute Abend ein Essen zu geben.
Meister Jakob (beiseite). Groß Wunder!
Harpagon. Sag' mir doch: wirst du uns etwas Gutes auftischen?

Meister Jakob. Ja wohl, wenn Sie es nicht an Geld fehlen lassen.

Harpagon. Nur immer Geld! zum Teufel auch! Es ist als hätten sie nichts Anderes zu sagen als: Geld, Geld, Geld! ha, sie führen nur das Wort Geld im Munde! immer plärren sie von Geld! ihr Gits und Gats ist Geld!

Valer. Nie, Meister Jakob, habe ich eine unverschämtere Antwort gehört als die deinige. Das ist mir ein schönes Kunststück, gut Essen schaffen mit viel Geld! Gibt in der Welt nichts Leichteres, ja der größte Schafskopf müßt' sich da herausziehen; nein, wenn man seinen Mann stellen will, so heißt's gut Essen schaffen für wenig Geld.

Meister Jakob. Gut Essen für wenig Geld?

Valer. Ja wohl.

Meister Jakob (zu Valer). Mein Seel, Herr Hausmeister, Sie thun uns einen Gefallen, wenn Sie uns das Recept sehen lassen; meine Schürze steht zu Dienst; ohnehin wollen Sie ja Factotum im Hause spielen.

Harpagon. Halt dein Maul! Was werden wir geben müssen?

Meister Jakob. Schauen's, Herr, Ihr Musje Hausmeister wird Ihnen gut Essen für wenig Geld schaffen.

Harpagon. Saperlot! Antworten sollst du mir, Kerl!

Meister Jakob. Ihrer wie viele werden Sie bei Tische sein?

Harpagon. Unsrer acht bis zehn; aber man braucht nur acht zu rechnen; kocht man für achte, so reicht es auch für zehn.

Valer. Das versteht sich.

Meister Jakob. Nun! man braucht vier Hauptgänge und fünf Zwischengerichte ... Suppen, Vorspeisen.

Harpagon. Was Teufel! damit könnte man eine ganze Stadt regaliren!

Meister Jakob. Brat ....

Harpagon (hält ihm den Mund zu). Ha, Schurke! du zehrst mir Hab und Gut auf.

Meister Jakob. Zwischenspeisen ...

Harpagon (wie vorhin). Noch mehr?

Valer (zu Meister Jakob). Willst du alles zu todt füttern? hat denn Herr Harpagon Gäste geladen, um sie mit Essen umzubringen? Geh' doch und lies ein wenig in den Gesundheitsregeln und frage die Aerzte, ob es etwas Schädlicheres für den Menschen gibt, als im Uebermaß essen.

Harpagon. Er hat Recht.

Valer. Wissen sollst du, Meister Jakob, du und deinesgleichen, daß es ein Meuchelmord ist, wenn man zu viel Fleisch aufträgt; Mäßigkeit muß bei den Mahlzeiten herrschen, die man gibt, wenn man es gut mit seinen Gästen meint; denn, wie ein alter Philosoph sagt, man muß essen um zu leben, und nicht leben um zu essen.

Harpagon. Ha, das ist trefflich gesagt! Komm her, daß ich dich umarme für dieses Wort. In meinem Leben hab' ich keinen schöneren Spruch gehört: Man muß leben um zu essen, und nicht essen um zu le.... Nein, so heißt es nicht. Wie hast du gesagt?

Valer. Man müsse essen um zu leben, und nicht leben um zu essen.

Harpagon (zu Meister Jakob). Richtig. Hörst du? (Zu Valer.) Wer ist denn der große Mann, der das gesagt hat?

Valer. Sein Name fällt mir jetzt nicht ein.

Harpagon. Vergiß ja nicht, mir diese Worte aufzuschreiben; sie sollen in goldenen Lettern über dem Kamin meines Speisesaals prangen.

Valer. Werde nicht ermangeln. Und was Ihr Gastmahl betrifft, so lassen Sie nur mich machen, ich werde alles auf's beste anordnen.

Harpagon. Schön so.

Meister Jakob. Desto besser! dann hab' ich weniger Mühe.

Valer (zu Jakob). Man muß auf Sachen sehen, von denen man nicht viel ißt, und die vornherein sättigen: so was wie gute Speckbohnen nebst Fleischknopf mit Kastanien.

Valer. Ueberlassen Sie es nur mir.
Harpagon. Jetzt, Meister Jakob, muß meine Kutsche geputzt werden.
Meister Jakob. Einen Augenblick: das geht den Kutscher an. (Er zieht seinen Stallkittel wieder an.) Sie befehlen....
Harpagon. Meine Kutsche soll man putzen und meine Pferde anschirren, um auf den Markt zu fahren....
Meister Jakob. Ihre Pferde, Herr? Du liebe Zeit! die sind nichts weniger als mobil. Ich will nicht sagen, daß sie auf der Streu liegen und alle Viere von sich strecken, das wäre Verläumbung, die armen Thiere haben ja keine Streu; aber, Herr, Sie schreiben ihnen so strenge Fasten vor, daß sie nur noch Schatten sind oder Gespenster, bloße Gestelle von Pferden.
Harpagon. Da hat man's! Krank sind sie, weil sie nichts schaffen.
Meister Jakob. Und wenn sie nicht schaffen, Herr, sollen sie darum auch nicht fressen? Sie wären viel besser daran, die armen Thiere, wenn sie tüchtig Arbeit und entsprechend Futter hätten. Das Herz zerreißt mir's, wenn ich sie so als Gerippe sehe; hab' ich doch meine Pferde so lieb, daß ich bei dem Anblick ihrer Leiden meine, es gehe mich selber an. Ich spare mir alle Tage etwas für sie am Maul ab; ja, Herr, das heißt zu hartherzig sein, wenn man kein Erbarmen mit seinem Nächsten hat.
Harpagon. Auf den Markt zu laufen wird keine Hexerei sein.
Meister Jakob. Nein, ich riskir's nicht mit ihnen; in dem Zustand, in dem sie sind, würd' ich mir ein Gewissen daraus machen, die Peitsche zu brauchen. Wie sollen die eine Kutsche ziehen? können sich kaum selbst fortschleppen.
Valer. Herr, ich werde den Nachbar Schwab ersuchen, daß er den Kutscher mache; wir werden ihn ohnedem hier brauchen, um das Essen zuzurichten.
Meister Jakob. Meinethalb. Es ist besser sie krepiren unter fremder Hand, als unter der meinigen.

Valer. Was sich der Meister Jakob mausig macht!
Meister Jakob. Was sich der Herr Hausmeister wichtig macht!
Harpagon. Ruhig!
Meister Jakob. Herr, die Fuchsschwänzer sind mir unausstehlich! ich weiß wohl, sein Wesen wie er's treibt, und sein ewiges Aufpassen über'm Brod, Wein, Licht, Salz, Holz, ist nichts als Speichelleckerei und Wohldienerei. Das empört mich, und alle Tage thut mir's weh, wenn ich hören muß, was man in der Stadt von Ihnen sagt: denn ich habe Sie doch gern, trotz Allem, und nach meinen Pferden sind Sie die Person, die mir am meisten an's Herz gewachsen ist.
Harpagon. Könnte ich wohl von dir erfahren, Meister Jakob, was man von mir sagt?
Meister Jakob. O ja, wenn ich versichert wäre, daß es Sie nicht kränkt.
Harpagon. Nicht im geringsten.
Meister Jakob. O doch; ich weiß recht gut, daß ich Sie in Zorn bringen werde.
Harpagon. Durchaus nicht; im Gegentheil, du machst mir ein Vergnügen: ich möchte gar zu gern hören, wie man von mir spricht.
Meister Jakob. Wenn Sie es durchaus wollen, Herr, so reb' ich von der Leber weg. Allerorten macht man sich über Sie lustig; überallher summen uns Sticheleien über Sie um die Ohren, und den Leuten ist es das größte Gaudium, Sie am Wisch zu kriegen und ein Stückchen nach dem andern von Ihrer Knauserei aufzutischen. Der Eine sagt, Sie lassen besondere Kalender drucken, mit doppelten Bußtagen und heiligen Abenden, damit Sie Ihre Leute zu doppeltem Fasten anhalten können; der Andere sagt, Sie haben mit Ihrem Gesinde zur Neujahrszeit oder zum Austritt immer Händel in petto, damit Sie kein Geschenk zu geben brauchen. Hier erzählt einer, Sie haben einmal Ihres Nachbars Katze verklagt, weil Sie Ihnen einen Rest von einer Hammelskeule ge-

stohlen; dort erzählt einer, man habe Sie einmal des Nachts ertappt, als Sie sich selbst den Haber Ihrer Pferde stehlen wollten, und Ihr Kutscher, mein Vorgänger, habe Ihnen in der Dunkelheit weiß nicht wie viele aufgemessen, wovon Ihrerseits nicht geschnauft worden sei. Und, wenn Sie's doch einmal wissen wollen, auf jedem Schritt und Tritt hört man über Sie lozirchen. Sie sind das Allerweltsstichblatt, und wenn man von Ihnen spricht, so heißt's nur: der Geizhals, der Filz, der Knauser, der Blutsauger.

Harpagon (schlägt ihn). Du bist ein Dummkopf, ein Gauner, ein Spitzbube und ein Lümmel.

Meister Jakob. Da seht! hat mir's nicht geschwant? und Sie haben mir's nicht glauben wollen. Ich hab' Ihnen ja gesagt, daß es Sie kränken werde, wenn ich Ihnen die Wahrheit sage.

Harpagon. Lerne Lebensart! (Ab.)

Sechster Auftritt.
Valer, Meister Jakob.

Valer (lacht). So viel ich sehen kann, Meister Jakob, lohnt man dir schlecht für deinen Freimuth.

Meister Jakob. Saperment! Herr Neugebackener, der sich so wichtig macht, das geht Sie nichts an. Lachen Sie über Ihre Schläge, wenn Sie kriegen werden, nicht über die meinigen.

Valer. Ach, Herr Meister Jakob, sei so gut und nimm's nicht krumm.

Meister Jakob (beiseite). Er zieht gelindere Saiten auf. Nun will ich mich in's Zeug legen, und wenn er dumm genug ist, Angst vor mir zu haben, so will ich ihn ein bischen zwiebeln. (Laut.) Wissen Sie wohl, Herr Lacher, daß es mir nicht um's Lachen zu thun ist, mir, und daß ich Ihnen Ihr Lachen schon vertreiben werde, wenn Sie mir den Kopf warm machen? (Er drängt Valer mit Drohungen rückwärts.)

Valer. He du! sachte.

Meister Jakob. Auch noch sachte? Ist mir gar nicht drum.

Valer. Bitte, bitte!

Meister Jakob. Sie sind ein Flegel.

Valer. Herr Meister Jakob!

Meister Jakob. Gibt keinen Herrn Meister Jakob, nicht für sechs Batzen. Wenn ich einen Stock zur Hand kriege, so werd' ich Sie dreschen nach der Schwierigkeit.

Valer. Wie! einen Stock? (Er drängt nun seinerseits Meister Jakob rückwärts.)

Meister Jakob. Ih! wer sagt das?

Valer. Weißt du wohl, Herr Windbeutel, daß ich Manns genug bin, dich selber zu dreschen?

Meister Jakob. Zieh's nicht in Abrede.

Valer. Daß du auf und ab nichts weiter bist als ein Küchenbengel?

Meister Jakob. Weiß es wohl.

Valer. Und daß du mich noch gar nicht kennst?

Meister Jakob. Thut mir leid.

Valer. Du mich dreschen, sagst du?

Meister Jakob. Ich sagt' es nur im Spaß.

Valer. Und ich finde keinen Geschmack an deinen Späßen. (Prügelt ihn.) Merk dir, daß du ein schlechter Spaßmacher bist. (ab.)

Meister Jakob (allein). Zum Henker mit der Ehrlichkeit! 's gibt kein schlechteres Handwerk; nun laß' ich sie aber laufen und sag' nie mehr die Wahrheit. Von meinem Herrn könnt' ich mir's noch gefallen lassen: der hat quasi ein Recht, mich zu prügeln; aber von diesem Musje Hausmeister? dem werd' ich's eintränken, wenn ich kann.

Siebenter Auftritt.
Marianne, Frosine, Meister Jakob.

Frosine. Wißt Ihr, Meister Jakob, ob Euer Herr daheim ist?

Meister Jakob. Ja wohl ist er daheim; ich weiß es nur zu gut.

Froſine. Bitte, ſagt ihm, daß wir hier ſind.

(Meiſter Jakob ab.)

Achter Auftritt.

Marianne, Froſine.

Marianne. Ach, Froſine, wie iſt mir ſo ſonderbar zu Muth! und wenn ich ausſprechen ſoll, was ich empfinde: wie graut mir vor dieſer Begegnung!
Froſine. Aber warum denn? was macht Ihnen Sorgen?
Marianne. Ach du fragſt mich noch? und ſtellſt dir die Seelenqual eines Mädchens nicht vor, die im nächſten Augenblick das Marterholz vor ſich hat, an das man ſie heften will?
Froſine. Freilich um angenehm zu ſterben, iſt Herr Harpagon nicht der Balken, den Sie könnten umklammern wollen; auch mag, wie ich in Ihrem Geſicht leſe, der junge Herr, von dem Sie mir geſprochen, ein bischen da drin rumoren.
Marianne. Ja, Froſine, ich will das nicht leugnen; die rückſichtsvollen Beſuche, die er uns gemacht, haben mich — ich muß es bekennen — nicht ungerührt gelaſſen.
Froſine. Aber wußten Sie denn, wer er iſt?
Marianne. Nein, ich weiß nicht, wer er iſt. Aber ich weiß, daß er ein liebenswürdiges Weſen an ſich hat; daß ich ihn jedem Andern vorziehen würde, wenn ich wählen könnte, und daß er nicht wenig dazu beiträgt, daß mich vor dem Gemahl, den man mir geben will, ein Schauder erfaßt.
Froſine. Liebe Zeit! alle dieſe Herrchens ſind nicht übel und wiſſen ſich recht brav anzuſtellen; aber die meiſten ſind arm wie die Kirchenmäuſe: es iſt doch beſſer für Sie, einen alten Mann zu nehmen, der recht Geld hat. Ich gebe zu, daß die Sinne bei meinem Vorſchlag nicht ſo gut wegkommen, und daß es in einer ſolchen Ehe manche bittre Tränkchen zu ſchlucken gibt; aber das dauert ja nicht ewig; er wird bald ſterben, glauben Sie mir, dann können Sie einen Liebenswürdigeren nehmen, der Sie für Alles ſchablos hält.
Marianne. O Gott! wie ſchrecklich iſt das, Froſine, wenn ich, um glücklich zu ſein, Jemand in's Grab wünſchen oder ihm auf's Ende warten ſoll; auch ſtellt ſich der Tod nicht immer ſo zu unſrer Verfügung.
Froſine. Sie ſpaßen? Sie heirathen ihn nur unter der Bedingung, daß er Sie bald zur Wittwe macht; und das muß ein Vertragspunkt werden. Es wäre ſehr unverſchämt, wenn er nicht in drei Monaten das Zeitliche ſegnen wollte! Da kommt er leibhaftig.
Marianne. Ach, Froſine, welche Geſtalt!

Neunter Auftritt.

Harpagon, Marianne, Froſine.

Harpagon (zu Marianne). Nehmen Sie kein Aergerniß daran, ſchönes Kind, wenn ich mit der Brille zu Ihnen komme. Ich weiß, daß Ihre Reize augenfällig genug ſind, daß ſie auch ſo ſichtbar genug ſind, und daß es keiner Brille bedarf, um ſie zu bemerken; aber beobachtet man denn nicht auch die Sterne mit Gläſern? und ich behaupte und verſichere, daß Sie ein Stern ſind, und was für ein Stern! der ſchönſte Stern, den es im Reich der Sterne gibt. — Froſine, ſie ſagt kein Wort und legt ſcheint's über meinen Anblick keine große Freude an den Tag.
Froſine. Drum iſt ſie noch ganz überraſcht, und dann, die Mädchen ſind ſchüchtern und wollen nicht gleich ihr Herz zeigen.
Harpagon (zu Froſine). Du haſt Recht. (Zu Marianne.) Das iſt meine Tochter, liebes Herzchen, die Sie zu begrüßen kommt.

Zehnter Auftritt.
Harpagon, Elise, Marianne, Frosine.

Marianne. Sehr spät, Fräulein, mache ich Ihnen meinen Besuch.

Elise. Was Sie gethan, Fräulein, hätte ich längst thun sollen; es war an mir, Ihnen zuvorzukommen.

Harpagon (zu Marianne). Nicht wahr, wie groß sie ist! Aber Unkraut will in die Höhe.

Marianne (beiseite zu Frosine). O der widerliche Mensch!

Harpagon (leise zu Frosine). Was sagt die Schöne?

Frosine (leise). Daß Sie ihr über Alles gefallen.

Harpagon. Sie erweisen mir zu viel Ehre, Goldkind.

Marianne (beiseite). Das Thier!

Harpagon. Tausend Dank für diese Huld!

Marianne (beiseite). Ich kann es hier nicht aushalten.

Elfter Auftritt.
Harpagon, Marianne, Elise, Kleanth, Valer, Frosine, Haberstroh.

Harpagon. Da ist auch mein Sohn, der Ihnen aufwarten möchte.

Marianne (leise zu Frosine). Ach Frosine, welche Begegnung! Das ist eben der, von dem ich dir gesagt habe.

Frosine (zu Marianne). Ein merkwürdiger Zufall!

Harpagon. Ich bemerke, schönes Fräulein, daß Sie betreten sind, mich mit so großen Kindern zu sehen; allein ich werde sie bald los sein, eins wie das andere.

Kleanth (zu Marianne). Fräulein, wenn ich Ihnen die Wahrheit sagen soll, so ist das ein Zusammentreffen, dessen ich mich durchaus nicht versehen habe; mein Vater hat mich nicht wenig überrascht, als er mir vorhin sagte, was er im Sinne hat.

Marianne. Mir geht es ebenso. Diese unverhoffte Begegnung hat mich nicht weniger überrascht als Sie; auf ein solches Begegniß war ich nicht gefaßt.

Kleanth. Gewiß kann mein Vater keine schönere Wahl treffen, und ich freue mich der Ehre, Sie hier zu sehen, von ganzem Herzen; aber trotzdem will ich nicht behaupten, daß ich von dem Plane entzückt sei, der Sie zu meiner Stiefmutter machen könnte; zu diesem Titel, mein Fräulein, Ihnen Glück zu wünschen, käme mich zu sauer an. Was ich da sage, mag manchen Ohren nicht eben sein tönen, aber ich bin überzeugt, Fräulein, daß Sie mich nicht verkennen. Sie mögen sich leicht den Widerwillen denken, den ich gegen diese Heirath haben muß, und nachdem Sie wissen, wer ich bin, ist Ihnen unverhüllt, wie sie meinem Glücke im Wege steht; ja vergönnen Sie mir, mit Erlaubniß meines Vaters Ihnen zu sagen, daß diese Verbindung, wenn es auf mich ankäme, nicht vollzogen würde.

Harpagon. Das ist mir eine flegelhafte Höflichkeit! Ein sauberes Bekenntniß, das er ihr macht!

Marianne (zu Kleanth). Und von mir vernehmen Sie, daß ich mich in der gleichen Lage befinde, und daß es mir eben so widerstreben müßte, Sie meinen Stiefsohn zu nennen, wie es Ihnen widerstrebt, mich Stiefmutter zu nennen. Glauben Sie ja nicht, daß ich diesen Stachel in Ihre Brust werfen will. Es würde mir sehr nahe gehen, Sie zu betrüben, ja ich gebe Ihnen mein Wort, daß ich in die Heirath, die Sie kränkt, nicht willigen werde, wenn ich mich nicht durch eine unabweisliche Gewalt dazu gezwungen sehe.

Harpagon. So war's recht. Auf eine abgeschmackte Begrüßung gehört eine entsprechende Antwort. Verzeihen Sie die Flegelhaftigkeit meines Sohnes, schönes Kind: er ist ein junger Tölpel, der nicht weiß, was er herausschwatzt.

Marianne. Ich versichere Sie, daß mich seine Worte gar nicht verletzt haben, im Gegentheil, es freut mich, daß er mir sein Inneres so aufrichtig gezeigt

hat. Ich liebe von ihm ein solches Bekenntniß und würde ihn viel weniger schätzen, wenn er anders gesprochen hätte.
Harpagon. Es ist viel Güte von Ihnen, daß Sie seine Fehler entschuldigen wollen. Mit der Zeit wird er schon gescheidter werden, und Sie werden dann sehen, wie er umschlägt.
Kleanth. Umschlagen? Nein, mein Vater, dessen bin ich nicht fähig, und ich bitte Sie dringend, Fräulein, mir auf's Wort zu glauben.
Harpagon. Aber seht nur, welche Ungezogenheit! er steigert sich noch.
Kleanth. Soll ich zum Verräther an meinem Herzen werden?
Harpagon. Noch toller! Willst du dich zu einem andern Ton verstehen?
Kleanth. Nun ja! wenn ich ein anderes Lied singen soll, so gestatten Sie, Fräulein, daß ich hier an die Stelle meines Vaters trete und Ihnen gestehe, daß ich in der Welt nichts gesehen habe, was so reizend wäre wie Sie; daß ich mir kein Glück denken kann, welches dem gleich käme, Ihnen zu gefallen; und daß Ihr Gatte zu heißen, ein Stolz, eine Seligkeit wäre, die ich mit keinem Königsthrone vertauschen würde. Ja, Fräulein, das Glück, Sie zu besitzen, ist in meinen Augen das schönste Loos von allen; hier gipfeln alle meine Wünsche. Es gibt nichts, wozu ich nicht fähig wäre, um den Preis einer so köstlichen Eroberung; selbst die mächtigsten Hindernisse . . . .
Harpagon. Gemach, mein Sohn, gemach, wenn's beliebt.
Kleanth. Diese Liebes-Erklärung mache ich dem Fräulein in Ihrem Namen.
Harpagon. Herrgott! ich habe selbst eine Zunge, um mich zu erklären, und brauche dich nicht zum Stellvertreter — Geschwind, bringt Stühle.
Frosine. Nein, es ist besser, wenn wir uns jetzt gleich auf den Markt begeben, damit wir um so eher zurückkommen und uns dann ohne Unterbrechung unterhalten können.

Harpagon (zu Haberstroh). Also soll man einspannen. (Haberstroh ab.)

Zwölfter Auftritt.

Harpagon, Marianne, Elise, Kleanth, Valer, Frosine.

Harpagon (zu Marianne). Entschuldigen Sie, schönes Kind, daß ich nicht daran gedacht habe, Ihnen, ehe Sie ausgehen, eine kleine Erfrischung anzubieten.
Kleanth. Ich habe dafür gesorgt, mein Vater, und einige Körbe mit Orangen, süßen Citronen und Backwerk herbringen lassen, die ich in Ihrem Namen bestellte.
Harpagon (beiseite zu Valer). Valer!
Valer (zu Harpagon). Er ist übergeschnappt.
Kleanth. Finden Sie etwa, mein Vater, daß es nicht genug ist? Das Fräulein wird die Güte haben es freundlichst zu entschuldigen.
Marianne. Das war ja nicht nöthig.
Kleanth. Haben Sie jemals einen so feurigen Diamant gesehen, Fräulein, wie der ist, den mein Vater am Finger trägt?
Marianne. Wirklich, er glänzt herrlich.
Kleanth (nimmt seinem Vater den Diamant vom Finger und reicht ihn Marianne). Sie müssen ihn in der Nähe betrachten.
Marianne. Er ist sehr schön, allerdings, und sprüht wahre Flammen.
Kleanth (stellt sich vor Marianne, die ihm den Ring zurückgeben will). Nicht doch, Fräulein, er ist in zu schönen Händen. Mein Vater hat Ihnen ein Geschenk damit gemacht.
Harpagon. Ich?
Kleanth. Nicht wahr, mein Vater, Sie wollen daß ihn das Fräulein Ihnen zu lieb behalte?
Harpagon (leise zu seinem Sohn). Was fällt dir ein?
Kleanth (zu Marianne). Schöner Auftrag! er gibt mir zu verstehen, daß ich Sie bewegen soll, ihn anzunehmen.
Marianne. Ich möchte nicht gern . . .

Kleanth (zu Marianne). Nein, im Ernst, er nimmt ihn keinenfalls zurück.

Harpagon (beiseite). Er macht mich rasend!

Marianne. Das hieße ja ...

Kleanth (hindert Marianne immer noch, den Ring zurückzugeben). Nein, lassen Sie, das würde ihn kränken.

Marianne. Bitte.

Kleanth. Durchaus nicht.

Harpagon (beiseite). Daß dich der ...

Kleanth. Sehen Sie, er ärgert sich über Ihre Weigerung.

Harpagon (leise zu Kleanth). Ha! Verräther!

Kleanth (zu Marianne). Sie sehen, er ist außer sich.

Harpagon (leise zu seinem Sohn mit Drohgeberden). Mörder, der du bist!

Kleanth. Lieber Vater, meine Schuld ist es nicht. Ich thue was ich kann, um sie zur Annahme zu bewegen, aber sie sträubt sich beharrlich.

Harpagon (wie vorhin). Halunke!

Kleanth. Sie sind die Ursache, mein Fräulein, daß mein Vater böse auf mich ist.

Harpagon (wie zuvor). Der Galgenstrick!

Kleanth (zu Marianne). Sie werden ihn krank machen. Bitte, Fräulein, weigern Sie sich nicht länger.

Frosine (zu Marianne). Gott, was für Umstände! Behalten Sie den Ring, wenn Herr Harpagon es einmal will.

Marianne (zu Harpagon). Um Sie nicht zu erzürnen, behalte ich ihn jetzt und werde ihn gelegentlich zurückgeben.

Dreizehnter Auftritt.

Harpagon, Marianne, Elise, Kleanth, Valer, Frosine, Haberstroh.

Haberstroh. Herr, es ist Jemand da, der Sie sprechen will.

Harpagon. Sag' ihm, ich sei verhindert, er soll ein ander Mal wieder kommen.

Haberstroh. Er sagt, er bringe Ihnen Geld.

Harpagon (zu Marianne). Verzeihen Sie, ich bin gleich wieder da.

Vierzehnter Auftritt.

Harpagon, Marianne, Elise, Kleanth, Valer, Frosine, Stockfisch.

Stockfisch (eilt herein und rennt Harpagon um). Herr ...

Harpagon. Ach, ich bin hin!

Kleanth. Was ist's, mein Vater? Haben Sie sich weh gethan?

Harpagon. Der Schurke ist sicherlich von meinen Schuldnern bestochen, mir den Hals zu brechen!

Valer (zu Harpagon). Es wird nichts auf sich haben.

Stockfisch (zu Harpagon). Herr, ich bitte um Verzeihung; ich glaubte es recht zu machen, wenn ich schnell gesprungen käme.

Harpagon. Was hast du hier zu schaffen, Höllenhund?

Stockfisch. Wollte Ihnen sagen, daß Ihren beiden Pferden die Eisen fehlen.

Harpagon. So soll man sie unverweilt in die Schmiede führen.

(Stockfisch ab.)

Kleanth. Bis sie beschlagen sind, will ich für Sie den Wirth machen, mein Vater, und das Fräulein in den Garten führen, wohin ich die Erfrischungen bringen lassen werde.

(Mit den Frauenzimmern ab.)

Fünfzehnter Auftritt.

Harpagon, Valer.

Harpagon. Valer, gib ein wenig Acht auf all das, und sorge mir, daß so viel als möglich davon übrig bleibt; ich will es dem Kaufmann zurückschicken.

Valer. Verstehe schon. (ab.)

Harpagon (allein). O Schlingel von Sohn! willst du mich ganz zu Grunde richten?

Vierter Akt.
Erster Auftritt.
Kleanth, Marianne, Elise, Frosine.

Kleanth. Es ist viel besser, wir kommen wieder hieher. Kein Verdächtiger ist mehr um den Weg, wir können hier frei sprechen.

Elise. Ja, Fräulein, mein Bruder hat mich zur Vertrauten seiner Liebe gemacht. Ich weiß was für Kummer und Verdruß uns solche Verwicklungen bereiten können, und versichere Sie der innigsten Theilnahme an Ihrem Mißgeschick.

Marianne. Wie tröstlich ist es, ein Herz wie das Ihrige mit sich im Bunde zu wissen; ich bitte Sie inständig, Fräulein, bewahren Sie mir immer diese zuvorkommende Freundschaft, die so sehr geeignet ist, mir die Grausamkeiten des Schicksals zu versüßen.

Frosine. Bei Gott, ihr seid unglückselige Leutchen, eins wie das andere, daß ihr mich nicht gleich von vornherein über euer Verhältniß in's Klare gesetzt habt. Ich hätte euch wahrscheinlich diese Herzensangst ersparen können, und jedenfalls die Sachen nicht auf den Punkt kommen lassen, auf den sie jetzt gediehen sind.

Kleanth. Was willst du? Mein Unstern hat es so verhängt. Aber, schöne Marianne, wozu sind Sie entschlossen?

Marianne. Ach, bin ich denn in der Lage, Entschlüsse fassen zu können? So abhängig wie ich bin, kann ich es nicht weiter bringen, als bis zu Wünschen.

Kleanth. Kein andrer Halt für mich in Ihrer Brust, als kahle Wünsche? Kein hilfreiches Erbarmen? Keine handreichende Güte? Kein Drang zum Handeln?

Marianne. Was soll ich darauf sagen? Treten Sie an meine Stelle und sagen Sie, was ich thun kann. Rathen, verfügen Sie selbst; ich bin zu Allem bereit, denn ich halte Sie für zu vernünftig, als daß Sie von mir etwas verlangen könnten, was sich nicht mit Ehre und Schicklichkeit verträgt.

Kleanth. Weh mir! wohin verbannen Sie mich? an die traurigen Grenzen, wo frostige Ehre und ängstliche Schicklichkeit wohnen?

Marianne. Aber was soll ich denn thun? Wenn ich mich auch über tausend Rücksichten wegsetzen könnte, denen unser Geschlecht unterthan ist, so muß ich doch an meine Mutter denken. Sie hat mich mit unbegrenzter Zärtlichkeit auferzogen, und ich könnte es nicht über's Herz bringen, ihr Kummer zu bereiten. Arbeiten Sie an ihr, geben Sie sich alle Mühe, sie zu gewinnen. Sie können thun und sagen, was Sie wollen, ich lasse Ihnen freie Hand; und wenn es nur darauf ankommt, daß ich mich zu Ihren Gunsten erkläre, so will ich ihr gern selbst bekennen, was ich für Sie fühle.

Kleanth. Frosine, gute Frosine, möchtest du uns helfen?

Frosine. Lieber Schatz, bedarf's da der Frage? von Herzen gern möcht' ich's. Ihr wißt ja, daß ich, meiner Natur nach, eine mitleidige Seele bin. Der Himmel hat mir ein butterweiches Herz verliehen, und ich bin nur zu schnell bei der Hand, wenn es einem braven Liebespärchen beizuspringen gilt. Was könnten wir thun in unsrem Fall?

Kleanth. Denk' ein bischen nach, ich bitte dich.

Marianne. Stecke uns ein Licht auf.

Elise. Laß dir etwas einfallen, wie man niederreißt, was du gebaut hast.

Frosine. Das hält schwer genug. (Zu Marianne.) Ihre Mutter ließe schon mit sich reden, und vielleicht könnte man sie dazu bringen, daß sie dem Sohn das Geschenk machte, welches sie dem Vater zugedacht hat. (Zu Kleanth.) Aber der Stein des Anstoßes ist, daß Ihr Vater eben Ihr Vater ist.

Kleanth. Freilich, freilich.

Frosine. Ich will damit sagen, daß er erst recht seinen Kopf aufsetzen wird, wenn man sehen läßt, daß man ihn verschmäht. Er wird alsdann nicht aufgelegt sein, seine Einwilligung zu Ihrer Heirath zu geben. Die Absage müßte eigentlich von ihm ausgehen, und man müßte ein Mittel ausfindig machen, ihm Marianne zu verleiden.

Kleanth. Du haſt Recht.

Froſine. Ich habe Recht, ich weiß es wohl: das müßte man, aber der Deixel weiß wie es angreifen. Halt: wenn wir eine Frau hätten, ſchon etwas bei Jahren, von meinem Talent, die Schauſpielerin genug wäre, um eine Dame von Stand vorzuſtellen (man würde ſie zu dieſem Zweck in aller Eile ausstaffiren und ihr einen ſeltſamen Namen geben, wie Markgräfin oder Vicegräfin So und So aus der Nieder-Bretagne): ſo würde ich mir getrauen, Ihrem Herrn Vater weiß zu machen, daß das eine reiche Perſon ſei, die außer ihren Häuſern hunderttauſend Thaler baar Geld habe, daß ſie ſterblich verliebt in ihn ſei und ſeine Frau zu werden wünſche, ja ihm ihr ganzes Vermögen im Heirathskontrakt verſchreiben wolle, und ich zweifle keinen Augenblick, daß er auf die Sache eingehen würde. Freilich liebt er Marianne ſehr, aber das Geld liebt er doch noch mehr; und wenn er durch dieſen Köder verführt, einmal in das, was Sie betrifft, gewilligt hätte, ſo würde es hinterher, wenn er den Batzen unſerer Markgräfin auf den Grund kommen wollte, wenig verſchlagen, daß ihm die Augen aufgingen.

Kleanth. Ganz vortrefflich iſt das ausgedacht.

Froſine. Laſſet mich machen, Kinder. Eben fällt mir eine meiner Freundinnen ein, die wir dazu brauchen können.

Kleanth. Sei meiner Erkenntlichkeit verſichert, Froſine, wenn du die Sache durchführſt. Aber, liebſte Marianne, bitte, fangen wir damit an, Ihre Mutter zu gewinnen; es bleibt immer ein Stück Arbeit, dieſe Heirath zu hintertreiben. Ich beſchwöre Sie darum, machen Sie Ihrerſeits alle Anſtrengungen, deren Sie fähig ſind. Was Sie über Ihre Mutter, die Ihnen ſo zugethan iſt, vermögen, das machen Sie ſich alles zu Nutze.

Entfalten Sie ohne Rückhalt die beredte Anmuth, die allmächtigen Reize, welche der Himmel in Ihre Augen, auf Ihre Lippen gelegt hat, und vergeſſen Sie ja nichts von jenen Schmeichelworten, jenen ſanften Bitten und rührenden Liebkoſungen, denen man — ich bin überzeugt davon — nichts verſagen kann.

Marianne. Ich werde alles thun, was ich vermag, und nichts vergeſſen.

Zweiter Auftritt.

Harpagon, Kleanth, Marianne, Eliſe, Froſine.

Harpagon (beiſeite, ohne bemerkt zu werden). Oho! mein Sohn küßt ſeiner künftigen Stiefmutter die Hand, und ſeine künftige Stiefmutter ſträubt ſich nicht ſonderlich! Sollte etwas dahinter ſtecken?

Eliſe. Ach der Vater.

Harpagon. Die Kutſche ſteht vor der Thür; ihr könnt fort, wenn es euch beliebt.

Kleanth. Da Sie nicht mitgehn, mein Vater, ſo will ich den Begleiter machen.

Harpagon. Nein: bleibe da. Sie können ganz gut allein gehen, und ich habe mit dir zu ſprechen.

(Die Frauenzimmer ab.)

Dritter Auftritt.

Harpagon, Kleanth.

Harpagon. Nun denn, ohne auf die Stiefmutter abzuheben, wie kommt dir dieſes Mädchen vor?

Kleanth. Wie ſie mir vorkommt?

Harpagon. Ja; ihr Weſen, meine ich, ihr Wuchs, ihre Schönheit, ihr Verſtand?

Kleanth. So, ſo.

Harpagon. Mehr nicht?

Kleanth. Soll ich mich offen ausſprechen, ſo finde ich mich ſehr enttäuſcht. Ihr Weſen iſt überkokett, ihr Wuchs verdammt ſchief, ihre Schönheit mehr als mittelmäßig, und ihr Verſtand ganz alltäglich. Glauben Sie ja nicht, lieber Vater, daß ich das ſage, um Ihnen den

Geschmack an ihr zu verderben; denn wenn ich einmal eine Stiefmutter haben soll, so ist mir diese so lieb wie jede andere.

Harpagon. Du sagtest doch vorhin zu ihr....

Kleanth. Ich sagte ihr einige Artigkeiten in Ihrem Namen, um Ihnen Freude zu machen.

Harpagon. Doch so gut, als ob du eine Neigung zu ihr hättest.

Kleanth. Ich? Gott bewahre.

Harpagon. Das thut mir leid, denn das durchkreuzt einen Gedanken, der mir durch den Kopf gegangen ist. Wie ich sie hier sah, führte ich mir mein Alter zu Gemüth und dachte, ob man es nicht anstößig finden werde, wenn ich ein so junges Mädchen heirathe. Diese Erwägung ließ mich auf meine Absicht verzichten; und da ich einmal um sie geworben habe und mein Wort verpfändet ist, so hätte ich sie dir gegeben, ohne den Widerwillen, den du an den Tag legst.

Kleanth. Mir?

Harpagon. Dir.

Kleanth. Zur Frau?

Harpagon. Zur Frau.

Kleanth. So hören Sie. Es ist wahr, sie ist nicht ganz nach meinem Geschmack; aber Ihnen zu lieb könnte ich mich entschließen, sie zu heirathen, wenn Sie es wollen.

Harpagon. O du kennst mich nicht; da bin ich viel zu vernünftig. Ich will deiner Neigung keinen Zwang anthun.

Kleanth. Verzeihen Sie, ich werde mir diesen Zwang selbst anthun, aus Liebe zu Ihnen.

Harpagon. Nein, nein. Eine Ehe, wo die Neigung fehlt, kann nicht glücklich ablaufen.

Kleanth. Vielleicht kommt die Neigung hinterher; man sagt ja, die Liebe sei oft eine Frucht der Ehe.

Harpagon. Nein. Von Seiten des Mannes darf man die Sache nicht wagen; die Folgen sind zu traurig, und ich möchte mir um alles da keine Verantwortung aufladen. Hättest du dich zu ihr hingezogen gefühlt — Glück zu! —

so hätte ich sie dich an meiner Stelle heirathen lassen; da dieß aber nicht der Fall ist, so werde ich meinem ersten Vorsatz treu bleiben und sie selbst heirathen.

Kleanth. Nun denn, mein Vater, da die Sachen so stehen, so muß ich Ihnen mein Herz eröffnen und Ihnen unser Geheimniß entschleiern. Die Wahrheit ist, ich liebe sie seit jenem Tage, wo ich sie auf einem Spaziergang gesehen, und ich hatte vorhin im Sinne, sie mir von Ihnen zur Frau zu erbitten; nur das Lautwerden Ihrer Gefühle und die Furcht, Ihnen zu mißfallen, haben mich davon abgehalten.

Harpagon. Hast du Besuch bei ihr gemacht?

Kleanth. Ja, mein Vater.

Harpagon. Oefter?

Kleanth. Häufig genug für die Zeit, daß ich sie kenne.

Harpagon. Hat man dich gut aufgenommen?

Kleanth. Sehr gut, aber ohne daß man wußte, wer ich bin; daher kam vorhin Mariannens Ueberraschung.

Harpagon. Hast du ihr deine Liebe erklärt und Heirathsabsichten kundgegeben?

Kleanth. O ja; auch habe ich ihrer Mutter einige Andeutungen gemacht.

Harpagon. Ist sie für ihre Tochter darauf eingegangen?

Kleanth. Ja, mit vieler Freundlichkeit.

Harpagon. Und die Tochter, zeigt sie dir Gegenliebe?

Kleanth. Wenn ich dem Augenschein trauen darf, mein Vater, so schmeichle ich mir, daß sie mir nicht abgeneigt ist.

Harpagon (leise beiseite). Freut mich sehr, daß ich hinter ein solches Geheimniß gekommen bin, das wollt' ich eben wissen! (Laut.) Wohlan, mein Sohn, weißt du nun was es jetzt gilt? Du mußt gefälligst darauf denken, dich deiner Liebe zu entschlagen, alle Werbungen um ein Mädchen, das ich für mich beanspruche, unterlassen und dich ehestens mit derjenigen verheirathen, die man dir bestimmt.

Kleanth. So, mein Vater; auf diese Weise spielen Sie mit mir? Gut denn! Ist es einmal dahin gekommen, so erkläre ich Ihnen, daß ich meiner Leidenschaft für Marianne nicht entsagen werde; daß ich alles Mögliche aufbieten werde, Ihnen ihre Hand streitig zu machen; und daß, wenn Sie auch das Jawort der Mutter für sich haben, ich vielleicht andere Hilfstruppen ins Feld führen kann, die für mich kämpfen werden.

Harpagon. Wie, Schlingel! Du wagst es, mir ins Gehäge zu kommen?

Kleanth. Vielmehr kommen Sie mir ins Gehäge; mein Anspruch ist der ältere.

Harpagon. Bin ich nicht dein Vater, und bist du mir nicht Rücksicht schuldig?

Kleanth. In diesem Punkte sind die Kinder nicht verpflichtet, ihren Vätern nachzustehen: die Liebe waltet ohne Ansehen der Person.

Harpagon. Ich werde dir mit einem guten Stock einprägen, wer ich bin.

Kleanth. Alle Ihre Drohungen sind in den Wind.

Harpagon. Du verzichtest auf Marianne!

Kleanth. Um keinen Preis.

Harpagon. So gebt mir doch gleich einen Stock her!

Vierter Auftritt.

Harpagon, Kleanth, Meister Jakob.

Meister Jakob. Ei! ei! ei! meine Herrn! was ist das? wo denken Sie hin?

Kleanth. Dazu lach' ich!

Meister Jakob (zu Kleanth). Sachte Herr, sachte.

Harpagon. Mit solcher Stirne mir zu kommen!

Meister Jakob (zu Harpagon). Bitte, Herr, bitte!

Kleanth. Ich gebe nicht nach.

Meister Jakob (zu Kleanth). Ei was! Ihrem Vater?

Harpagon. Laß mich ihn züchtigen.

Meister Jakob (zu Harpagon). Ei was! Ihren Sohn? Wenn's noch mir gälte!

Harpagon. Du sollst selbst unser Schiedsrichter sein, Meister Jakob, um zu zeigen, wie ich Recht habe.

Meister Jakob. Gut so. (Zu Kleanth). Treten Sie ein wenig auf die Seite.

Harpagon. Ich liebe ein Mädchen, das ich heirathen will; und der Schlingel da nimmt sich heraus, die gleiche zu lieben und trotz seines Vaters Ansprüche zu machen.

Meister Jakob. Ei! er hat Unrecht.

Harpagon. Ist es nicht unerhört, daß ein Sohn seinem Vater den Rang ablaufen will? und muß er nicht, aus Achtung schon, dem Gegenstand meiner Neigung fern bleiben?

Meister Jakob. Sie haben Recht. Lassen Sie mich mit ihm reden, bleiben Sie hier.

Kleanth (zu Meister Jakob, der sich ihm nähert). Nun meinetwegen, da er dich zum Richter wählen will, habe ich nichts dagegen; mir ist Jeder recht, und ich will gern unsern Streit in deine Hände legen, Meister Jakob.

Meister Jakob. Viel Ehre, die Sie mir da erweisen.

Kleanth. Ich bin in ein junges Mädchen verliebt, die meinen Wünschen entspricht und meine Werbungen zärtlich aufnimmt; da fällt es meinem Vater ein, unsere Liebe zu stören, indem er um ihre Hand anhält.

Meister Jakob. (Hier und im Folgenden wird das Betreffende mit bedeckter Stimme gesprochen.) Er hat entschieden Unrecht.

Kleanth. Ist es nicht eine Schande für einen Mann in seinen Jahren, an's Heirathen zu denken? Kleidet es ihn etwa, noch den Verliebten zu spielen, und sollte er dieses Feld nicht der Jugend überlassen?

Meister Jakob. Sie haben Recht, er macht sich lächerlich. Lassen Sie mich ihm zwei Worte sagen. (Zu Harpagon.) Ei nun, Ihr Sohn ist nicht so schlimm, wie Sie ihn machen; er nimmt Vernunft an. Er sagt, er wisse, welche Achtung er Ihnen schulde; er habe sich bloß in der ersten Hitze vergessen und werde sich gern Ihrem Willen fügen, nur möchten Sie ihn besser behandeln als bisher, und ihm eine Frau geben, mit der er zufrieden sein könne.

Harpagon. Ha, sag' ihm, Meister Jakob, auf diesem Wege könne er alles von mir hoffen, und außer Marianne lasse ich ihm jede Wahl frei.

Meister Jakob. Lassen Sie mich machen. (Zu Kleanth.) Ei nun, Ihr Vater ist nicht so unvernünftig, wie Sie ihn machen; er hat mir dargethan, daß ihn Ihr Ungestüm in Zorn gebracht; er sei bloß über Ihr Benehmen ungehalten und erbiete sich, gern Ihren Wünschen zu entsprechen, nur möchten Sie sanft auftreten und ihm die Ehrerbietung, die Achtung und den Gehorsam erweisen, die ein Sohn seinem Vater schuldig ist.

Kleanth. Ha, Meister Jakob, du kannst ihm versichern, daß, wenn er mir Marianne gibt, ich mich als den fügsamsten Menschen von der Welt zeigen und nie etwas gegen seinen Willen thun werde.

Meister Jakob (zu Harpagon). Abgemacht; er will thun wie Sie sagen.

Harpagon. Das geht ja vortrefflich.

Meister Jakob (zu Kleanth). Alles im Reinen; er ist mit Ihren Versprechungen zufrieden.

Kleanth. Gott sei Lob und Dank!

Meister Jakob. Meine Herren, Sie sind jetzt vollkommen einig, und wollten sich zanken aus purem Mißverständniß.

Kleanth. Lieber Meister Jakob, ich bleibe dir zeitlebens dankbar.

Meister Jakob. Nicht Ursach', nicht Ursach'.

Harpagon. Du hast mir Freude gemacht, Meister Jakob, und das verdient eine Belohnung. (Harpagon sucht in seiner Tasche; Meister Jakob streckt die Hand hin; aber Harpagon zieht nur sein Schnupftuch heraus und sagt:) Geh, ich werde dir's gedenken, kannst dich drauf verlassen.

Meister Jakob. Küß' die Hand. (Ab.)

Fünfter Auftritt.
Harpagon, Kleanth.

Kleanth. Lieber Vater, verzeihen Sie mir die Hitze, in die ich gerathen bin.

Harpagon. Thut nichts.

Kleanth. Ich versichere Sie meiner innigsten Reue.

Harpagon. Und ich habe die innigste Freude darüber, dich vernünftig zu sehen.

Kleanth. Welche Güte von Ihnen, meinen Fehltritt so schnell zu vergessen!

Harpagon. Wie gern vergißt man die Fehltritte der Kinder, wenn diese zu ihrer Pflicht zurückkehren.

Kleanth. Wie! gar nichts von Bitterkeit über alle meine Thorheiten ist in Ihrem Herzen zurückgeblieben?

Harpagon. Ich bin dir das schuldig, nachdem du den Weg der Achtung und des Gehorsams betreten.

Kleanth. Ich verspreche Ihnen, mein Vater, daß ich das Gedächtniß Ihrer Güte bis zum Grabe in mir bewahren werde.

Harpagon. Und ich verspreche dir, daß es nichts gibt, was ich dir nicht gewähren würde.

Kleanth. Ha, lieber Vater, ich verlange nichts weiter; indem Sie mir Marianne geben, haben Sie mir genug gegeben.

Harpagon. Wie so?

Kleanth. Ich sage, lieber Vater, daß Sie mich mehr als zufriedengestellt, und daß ich in der Güte, mit der Sie mir Marianne bewilligten, Alles enthalten finde.

Harpagon. Wer sagt denn, daß ich dir Marianne bewillige?

Kleanth. Sie selbst, mein Vater.

Harpagon. Ich?

Kleanth. Nun ja.

Harpagon. Wie! Du hast ja versprochen, auf sie zu verzichten?

Kleanth. Ich, auf sie verzichten?

Harpagon. Ja.

Kleanth. Keineswegs.

Harpagon. Du hast dich deines Anspruchs nicht begeben?

Kleanth. Im Gegentheil, ich beharre fester darauf als jemals.
Harpagon. Was, Schlingel! von neuem?
Kleanth. Nichts kann mich andern Sinnes machen.
Harpagon. Du sollst dich wundern, Bube!
Kleanth. Thun Sie nur, was Sie wollen.
Harpagon. Daß du mir nie wieder vor die Augen kommst!
Kleanth. Sei's drum.
Harpagon. Ich verstoße dich!
Kleanth. Verstoßen Sie mich.
Harpagon. Ich sage mich los von dir!
Kleanth. Gut.
Harpagon. Ich enterbe dich!
Kleanth. Ganz nach Belieben.
Harpagon. Und gebe dir meinen Fluch!
Kleanth. Ich danke für Ihre Gaben.
(Harpagon ab.)

Sechster Auftritt.
Kleanth, Pfeil.

Pfeil (kommt aus dem Garten mit einer Schatulle). Hui, Herr! da treff' ich Sie eben recht! Schnell kommen Sie mit.
Kleanth. Was gibt's denn da?
Pfeil. Kommen Sie mit, sag' ich; wir sind gemachte Leute.
Kleanth. Wie so?
Pfeil. Da ist, was Sie brauchen.
Kleanth. Was?
Pfeil. Den ganzen Tag war ich auf dem Anstand.
Kleanth. Was hast du denn da?
Pfeil. Den Schatz Ihres Vaters; ich hab' ihn erwischt.
Kleanth. Wie hast du's gemacht?
Pfeil. Sie sollen Alles wissen. Nur fort jetzt, ich höre ihn schreien. (Beide ab.)

Siebenter Auftritt.
Harpagon.

Harpagon (schreit „Diebe!" schon vom Garten her und kommt ohne Hut). Diebe! Diebe! Mörder! Todtschläger! Polizei, gerechter Himmel! Ich bin hin, ich bin umgebracht; man hat mir den Hals abgeschnitten: man hat mir mein Geld gestohlen! Wer kann es sein? Was ist aus ihm geworden? Wo ist er? Wo versteckt er sich? Wie soll ich ihn finden? Wohin laufen? Wohin nicht laufen? Ist er nicht da? Ist er nicht dort? Wer ist das? Halt! (Zu sich selbst, indem er sich am Arme packt). Mein Geld heraus, Spitzbube! Ach! ich bin's ja selbst! Der Kopf wirbelt mir und ich weiß nicht, wo ich bin, wer ich bin, und was ich thue. Ach! mein armes Geld! mein liebes Geld! mein Busenfreund! man hat dich mir entwendet: und da du fort bist, so bin ich um meine Hilfe, meinen Trost, meine Wonne: alles ist aus, ist hin, was soll ich noch auf der Welt! Ohne dich ist kein Leben. Es ist um mich geschehen, ich kann nicht mehr; ich sterbe; ich bin todt; ich bin begraben. Will mich Niemand auferwecken, indem er mir mein liebes Geld wieder gibt, oder mir zu wissen thut, wer es genommen hat? Hu! was sagt ihr? Es ist Niemand. Wer auch den Streich verübt hat, er muß die Stunde sorgsamst abgepaßt haben; man hat just die Zeit gewählt, da ich mit meinem Taugenichts von Sohn sprach. Fort! Ich will Polizei herschaffen und mein ganzes Haus foltern lassen, Mägde, Knechte, Sohn und Tochter und mich selbst. (Gegen das Publikum). Wie viele Leute da beisammen sind! Mein Blick trifft keinen, der mir nicht Verdacht erweckte, in jedem sehe ich meinen Dieb. He! von was spricht man dort? von dem, der mich bestohlen hat? Welchen Lärm macht man da oben? Ist mein Dieb dort? O bitte, bitte, wenn man etwas von meinem Diebe weiß, so sage man mir's! Hat er sich nicht da unter euch versteckt? Sie sehen alle auf mich und fangen an zu lachen. Ganz gewiß sind sie bei dem Diebstahl betheiligt, denn man an mir verübt hat. Schnell macht euch auf, Kommissäre, Häscher, Profoße, Richter, Foltern, Galgen und Henkersknechte! Ich will die ganze Welt aufknüpfen lassen, und wenn ich mein Geld nicht wieder bekomme, so häng' ich mich nachher selbst auf!

Fünfter Akt.

Erster Auftritt.

Harpagon und ein Kommissär.

Kommissär. Lassen Sie mich nur machen; ich verstehe gottlob mein Handwerk. Ich habe die Finger heute nicht zum ersten Mal in Diebsgeschichten; ja ich wollt', ich hätte so viele Säcke mit tausend Franken, als ich schon Menschenkinder habe baumeln lassen.

Harpagon. Allen Behörden muß daran liegen, diese Sache in die Hand zu nehmen; und hilft man mir nicht wieder zu meinem Gelde, so verklage ich die Justiz.

Kommissär. Die nöthigen Maßregeln müssen alle getroffen werden. Sie sagen, es befanden sich in der Schatulle....

Harpagon. Zehntausend Thaler auf den Groschen.

Kommissär. Zehntausend Thaler!

Harpagon (weinend). Zehntausend Thaler.

Kommissär. Der Diebstahl ist beträchtlich!

Harpagon. Es gibt keine Strafe, die schwer genug wäre für dieses kolossale Verbrechen; und wenn es ungeahndet bleibt, so ist das Heiligste nicht mehr sicher.

Kommissär. Aus was für Sorten bestand das Geld?

Harpagon. Aus guten Louisd'ors und überwichtigen Pistolen.

Kommissär. Wen haben Sie im Verdacht dieses Diebstahls?

Harpagon. Die ganze Welt; ich will, daß man alles in Verhaft nehme, Stadt und Vorstädte.

Kommissär. Nein, glauben Sie mir, man darf Niemand stutzig machen; man muß erst in der Stille einige Beweise zu erhaschen suchen und dann mit aller Strenge vorgehen, um des Goldes, das man Ihnen entwendet hat, wieder habhaft zu werden.

Zweiter Auftritt.

Harpagon, Kommissär, Meister Jakob.

Meister Jakob (im Hintergrund, spricht nach der Seite, von wo er eingetreten ist). Ich komme gleich wieder. Man schneide ihm flugs die Kehle ab; man röste ihm die Füße; dann in's siedende Wasser mit ihm, dann den Kujon an die Decke gehängt!

Harpagon (zu Meister Jakob). Wen? Den, der mich beraubt hat?

Meister Jakob. Ich spreche von einem Spanferkel, das mir Ihr Hausmeister eben geschickt, und das ich Ihnen nach meiner Idee zubereiten will.

Harpagon. Darum handelt sich's jetzt nicht; mit dem Herrn da muß man von andern Dingen reden.

Kommissär (zu Meister Jakob). Ihr braucht nicht zu erschrecken. Ich bring' Euch nicht in üblen Ruf, und es wird Alles gelinde ablaufen.

Meister Jakob (zu Harpagon). Speist der Herr mit Ihnen?

Kommissär. Lieber Freund, Ihr braucht hier vor Eurem Herrn mit nichts hinter dem Berge zu halten.

Meister Jakob (wie zuvor). Auf mein Wort, Herr, ich werde meine ganze Kunst zeigen und Sie so gut traktiren, als mir nur möglich ist.

Harpagon. Damit haben wir jetzt nichts zu schaffen.

Meister Jakob (wie zuvor). Wenn ich Ihnen nicht so gut koche, als ich gern möchte, so ist Ihr Herr Hausmeister Schuld, der mir mit seiner Oekonomiescheere die Flügel beschnitten hat.

Harpagon. Schlingel! hier handelt es sich um etwas Anderes, als um's Essen; du sollst mir sagen, was du von dem Gelde weißt, das man mir gestohlen hat.

Meister Jakob. Man hat Ihnen Geld gestohlen?

Harpagon. Ja, Spitzbube; und ich werde dich gleich hängen laſſen, wenn du mir es nicht herausgibſt!

Kommiſſär (zu Harpagon). Mißhandeln Sie ihn doch nicht! Ich ſehe ihm an, daß er eine ehrliche Haut iſt: er wird Ihnen entdecken, was Sie wiſſen wollen, ohne ſich einſperren zu laſſen. (zu Meiſter Jakob). Ja, guter Freund, wenn Ihr uns die Sache geſteht, ſo wird Euch kein Haar gekrümmt und Euer Herr wird Euch hübſch belohnen. Man hat ihm heute ſein Geld genommen und Ihr wißt doch wohl etwas von dieſem Diebſtahl.

Meiſter Jakob (leiſe beiſeite). Das iſt mir ein gemähtes Wieslein, mich an unſrem Hausmeiſter zu rächen. Seitdem er den Fuß über die Schwelle geſetzt, iſt er Hahn im Korb; man hört nur auf ſeine Weisheit; und die Prügel von vorhin jucken mich auch noch auf dem Fell.

Harpagon. Was brummſt du in den Bart?

Kommiſſär (zu Harpagon). Laſſen Sie ihn gewähren. Er ſammelt ſich zu einem Geſtändniß; ich hab' Ihnen ja geſagt, daß er eine ehrliche Haut ſei.

Meiſter Jakob. Herr, wenn ich Ihnen reinen Wein einſchenken ſoll, ſo glaube ich, daß Ihr Herr Hausmeiſter der Thäter iſt.

Harpagon. Valer?

Meiſter Jakob. Ja.

Harpagon. Er! den ich für ſo treu hielt?

Meiſter Jakob. Kein Anderer. Ich glaube, daß er Sie beſtohlen hat.

Harpagon. Und weßhalb glaubſt du es?

Meiſter Jakob. Weßhalb?

Harpagon. Ja.

Meiſter Jakob. Ich glaub' es.... weil ich's halt glaube.

Kommiſſär. Aber Ihr müßt Eure Verdachtsgründe angeben.

Harpagon. Haſt du ihn um den Ort ſchleichen ſehen, wo ich mein Geld liegen hatte?

Meiſter Jakob. Ja wohl. Wo befand ſich Ihr Geld?

Harpagon. Im Garten.

Meiſter Jakob. Richtig, im Garten hab' ich ihn herumſchleichen ſehen. Und in was für einem Behälter war das Geld?

Harpagon. In einer Schatulle.

Meiſter Jakob. Da haben wir's. Ich habe eine Schatulle bei ihm geſehen.

Harpagon. Und dieſe Schatulle, wie ſieht ſie aus? Ich werde gleich wiſſen, ob es die meinige iſt.

Meiſter Jakob. Wie ſie ausſieht?

Harpagon. Ja.

Meiſter Jakob. Sie ſieht aus...'. ſie ſieht aus wie eine Schatulle.

Kommiſſär. Das verſteht ſich. Aber beſchreibt ſie uns ein wenig.

Meiſter Jakob. Es iſt eine große Schatulle.

Harpagon. Die man mir geſtohlen hat, iſt klein.

Meiſter Jakob. Ei freilich, ſie iſt klein, wenn man es ſo nehmen will; aber ich heiße ſie groß in Betracht ihres Inhalts.

Kommiſſär. Und welche Farbe hat ſie?

Meiſter Jakob. Welche Farbe?

Kommiſſär. Ja.

Meiſter Jakob. Die Farbe iſt ſo.... ſo eine gewiſſe Farbe..... Könnten Sie mir nicht darauf helfen?

Harpagon. Huch!

Meiſter Jakob. Iſt ſie nicht roth?

Harpagon. Nein, grau.

Meiſter Jakob. Ja, ja, grauroth; ſo wollt' ich ſagen.

Harpagon. Es bleibt kein Zweifel; ſie iſt's unfehlbar. Nehmen Sie's zu Protokoll, Herr Kommiſſär; nehmen Sie ſeine Ausſage zu Protokoll. Himmel! wem ſoll man jetzt noch trauen! Man darf auf nichts mehr ſchwören; jetzt glaube ich, daß ich im Stand wäre, mi ſelbſt zu beſtehlen.

Meiſter Jakob (zu Harpagon). Herr da kommt er eben. Sagen Sie ihr ja nicht, daß ich es Ihnen entdeckt hab

Dritter Auftritt.
Harpagon, Kommissär, Valer, Meister Jakob.

Harpagon. Komm her, gleich gestehe die schwärzeste That, den entsetzlichsten Frevel, der jemals verübt worden.
Valer. Was wollen Sie, Herr?
Harpagon. Wie, Schurke, du erröthest nicht über dein Verbrechen?
Valer. Was für ein Verbrechen meinen Sie denn?
Harpagon. Was für ein Verbrechen ich meine, Ehrloser? Als ob du nicht wüßtest, was ich sagen will! Umsonst würdest du es zu bemänteln suchen: der Handel ist aufgedeckt, so eben hat man mir alles hinterbracht. Wie konntest du meine Güte so frech mißbrauchen und dich eigens bei mir einnisten, um mich zu betrügen, um mir einen solchen Streich zu spielen?
Valer. Nun, Herr, wenn Sie schon Alles wissen, so will ich mich nicht auf's Läugnen verlegen.
Meister Jakob (beiseite). Oho! hätt' ich's errathen, ohne daran zu denken?
Valer. Ich hatte mir vorgenommen, mit Ihnen davon zu sprechen, nur wollte ich den günstigen Moment abwarten; da es aber nun so steht, so beschwöre ich Sie, nicht in Aerger zu gerathen und meine Rechtfertigung anzuhören.
Harpagon. Wirst dich sauber rechtfertigen können, Diebsgesicht!
Valer. Ah! dies Prädikat habe ich nicht verdient. Es ist wahr, ich habe mich gegen Sie vergangen; aber Alles in Allem ist mein Fehler verzeihlich.
Harpagon. Wie! verzeihlich? Ein Fallstrick, ein Meuchelmord dieser Art?
Valer. Bitte, geben Sie dem Zorn nicht Raum. Hören Sie mich erst an und Sie werden finden, daß das Unglück nicht so groß ist, als Sie es machen.
Harpagon. Das Unglück nicht so groß, als ich es mache? Was! Mein Blut, meine Eingeweide, Galgenstrick!
Valer. Ihr Blut ist nicht in schlechte Hände gefallen. Ich bin von einer Herkunft, um ihm sein Recht widerfahren zu lassen, und es ist durchaus nichts geschehen, was ich nicht wieder gut machen könnte.
Harpagon. Das verlang' ich auch, und daß du mir wieder erstattest, was du mir geraubt hast.
Valer. Ihre Ehre, Herr, wird in keinem Stücke Noth leiden.
Harpagon. Hier handelt sich's nicht um Ehre. Aber sag' mir, was hat dich zu dieser That getrieben?
Valer. Ach! das fragen Sie mich?
Harpagon. Allerdings frag' ich dich.
Valer. Eine Gottheit, die alles entschuldigt, wozu sie den Antrieb gibt — die Liebe.
Harpagon. Die Liebe?
Valer. Ja.
Harpagon. Saubre Liebe, saubre Liebe, meiner Treu! die Liebe zu meinen Louisd'ors!
Valer. O nein, Ihr Reichthum hat mich nicht in Versuchung geführt, der hat mich nicht verblendet; ja ich erkläre feierlich, daß ich auf keines Ihrer Güter Anspruch mache, wenn Sie mir das eine lassen, welches ich schon habe.
Harpagon. Nichts da, bei allen Teufeln! ich werd' es dir nicht lassen. Aber seht nur, welche Frechheit, den Raub noch behalten zu wollen, den er an mir verübt hat!
Valer. Nennen Sie das einen Raub?
Harpagon. Ob ich's einen Raub nenne? solch einen Schatz!
Valer. Ja wahrlich, es ist ein Schatz, und gewiß der köstlichste, den Sie besitzen; aber ihn mir überlassen, heißt nicht ihn preisgeben. Auf den Knieen bitt' ich Sie um diesen Schatz, diesen reizvollen; ja Sie können ihn mir nicht verweigern, ohne zu freveln.
Harpagon. Nein, nein, nein! Was soll das heißen?
Valer. Wir haben uns gegenseitig Treue gelobt und geschworen, uns nie zu verlassen.
Harpagon. Der Schwur ist großartig, das Gelöbniß belustigend.

Valer. Und haben uns verpflichtet, einander anzugehören für immer.

Harpagon. Werde euch daran zu hindern wissen, verlaßt euch drauf.

Valer. Nur der Tod kann uns scheiden.

Harpagon. Das heiß' ich mit Teufelsgewalt auf mein Geld aus sein!

Valer. Ich hab' Ihnen schon gesagt, daß nicht Eigennutz mich thun hieß, was ich gethan habe. Meinem Herzen sind die Triebfedern fremd, die Sie voraussetzen; nein, eine edlere Regung hat mir diesen Entschluß eingegeben.

Harpagon. Er wird es gar Christenliebe nennen, was ihn nach meinem Gute trachten läßt! Aber ich werde schon dafür sorgen; die Justiz, schamloser Galgenstrick, wird mir volle Genugthuung verschaffen.

Valer. Ergreifen Sie Maßregeln, welche Sie wollen; ich bin bereit, alle Gewaltthätigkeiten zu ertragen, die Sie an mir verüben mögen; nur das Eine glauben Sie mir, wenn eine Uebelthat vorliegt, trifft mich allein die Schuld, und kein Stäubchen davon Ihre Tochter.

Harpagon. Ich glaub' es wohl, warum nicht? wär' auch sehr sonderbar, wenn meine Tochter bei diesem Verbrechen die Hand im Spiel gehabt hätte. Aber mein Eigenthum will ich wieder haben, und du sollst mir gestehen, wohin du es entführt hast.

Valer. Ich? ich habe sie nicht entführt; sie ist noch in Ihrem Hause.

Harpagon (beiseite). O meine theure Schatulle! (Laut.) Sie ist nicht aus meinem Haus gekommen?

Valer. Nein, Herr.

Harpagon. Ei sag mir doch einmal: du hast sie nicht berührt?

Valer. Ich sie berühren? Ach! Sie thun mir ebenso Unrecht, wie mir; ganz rein und rücksichtsvoll ist die Gluth, in der ich für sie entbrannte.

Harpagon (beiseite). Entbrannt für meine Schatulle!

Valer. Lieber hätt' ich sterben mögen, als ihr einen beleidigenden Gedanken zeigen; dazu ist sie zu sittsam, zu ehrbar.

Harpagon (beiseite). Meine Schatulle zu ehrbar!

Valer. In der Freude an ihrem Anblick waren alle meine Wünsche befriedigt, und nichts Strafbares hat die Leidenschaft entweiht, die mir ihre schönen Augen einflößten.

Harpagon (beiseite). Die schönen Augen meiner Schatulle! Er spricht von ihr wie ein Liebhaber von seiner Geliebten.

Valer. Frau Schöps weiß, wie Alles zugegangen ist; sie kann Ihnen Zeugniß ablegen....

Harpagon. Was! meine Haushälterin ist im Komplott?

Valer. Ja, Herr, sie ist Zeugin unsers Bundes gewesen; und nachdem sie sich von der Reinheit meiner Liebe überzeugt hatte, half sie mir Ihre Tochter zum Gelübde der Treue überreden.

Harpagon (beiseite). Ih! hat ihn die Angst vor der Polizei um den Verstand gebracht? (zu Valer) Was faselst du da von meiner Tochter?

Valer. Ich sage, daß ich alle erdenkliche Mühe hatte, ihre Schüchternheit meiner Liebe unterthan zu machen.

Harpagon. Wessen Schüchternheit?

Valer. Ihrer Tochter; erst gestern hat sie sich entschließen können, ein wechselseitiges Heirathsversprechen zu unterzeichnen.

Harpagon. Meine Tochter hat dir ein Heirathsversprechen unterzeichnet?

Valer. Ja, Herr; wie ich meinerseits ihr gethan habe.

Harpagon. O Himmel! ein neues Unheil!

Meister Jakob (zum Kommissär). Nehmen Sie's zu Protokoll, Herr Kommissär, nehmen Sie's zu Protokoll!

Harpagon. Unglück auf Unglück! Verzweiflung auf Verzweiflung! (zum Kommissär) Nicht gesäumt, Herr Kommissär, thun Sie, was Ihres Amtes ist, und hängen Sie ihm einen Prozeß an den Hals als Dieb und als Verführer!

Meister Jakob. Als Dieb und als Verführer.

Valer. Diese Titel kommen mir nicht zu; man soll nur erst erfahren, wer ich bin....

Vierter Auftritt.

Harpagon, Elise, Marianne, Valer, Frosine, Meister Jakob, Kommissär.

Harpagon. Ha! verbrecherische Tochter! unwürdig, das Kind eines solchen Vaters zu heißen! So befolgst du die Lehren, die ich dir gegeben? Du verliebst dich in einen gemeinen Dieb und versprichst ihm Treue ohne meine Zustimmung! Aber ihr sollt euch wundern, eines wie das andere. (zu Elise) Vier gute Mauern werden mir für deine Aufführung bürgen; (zu Valer) und ein guter Galgen, schamloser Gauner, wird mir für deine Dreistigkeit Genugthuung verschaffen.

Valer. Ihre Leidenschaft wird nicht über uns zu Gericht sitzen, und bevor man mich verurtheilt, wird man mir wenigstens Gehör geben.

Harpagon. Ich nehme den Galgen zurück, er ist zu gut für dich; gerädert sollst du werden bei lebendigem Leibe.

Elise (auf den Knieen vor Harpagon). Ach, lieber Vater, geben Sie menschlichen Gefühlen Raum, ich bitte Sie, und gehen Sie mit Ihren harten Drohungen nicht bis an die Grenze der väterlichen Gewalt! Folgen Sie nicht blindlings den ersten Eingebungen Ihrer Leidenschaft, gönnen Sie sich Zeit zu überlegen, was Sie thun wollen. Nehmen Sie sich die Mühe, den besser anzusehen, der Ihnen Aergerniß gibt. Er ist ein ganz anderer Mensch, als wofür Sie ihn halten; und Sie werden es weniger auffallend finden, daß ich ihm mein Herz geschenkt, wenn Sie erfahren, daß ich ohne ihn schon lange für Sie verloren wäre. Ja, mein Vater, er hat mich aus jener großen Gefahr gerettet, die mich, wie Sie wissen, in den Wellen bedroht hat, und ihm verdanken Sie das Leben Ihrer Tochter!

Harpagon. Wischewasche! Wäre es doch besser für mich gewesen, er hätte dich ertrinken lassen, als daß er that, was er gethan hat.

Elise. Mein Vater, ich beschwöre Sie bei Ihrer väterlichen Liebe, mich....

Harpagon. Nein, nein; ich will nichts hören; die Justiz, die Justiz muß da einschreiten.

Meister Jakob (beiseite). Warte, du wirst mir büßen für meine Prügel!

Frosine (beiseite). Ein wunderlicher Wirrwarr das!

Fünfter Auftritt.

Anselm, Harpagon, Elise, Marianne, Frosine, Valer, Kommissär, Meister Jakob.

Anselm. Was geht hier vor, Herr Harpagon? Sie sind ja ganz außer sich.

Harpagon. Ach, Herr Anselm, Sie sehen in mir den unglücklichsten aller Menschen; Sie kommen wegen des Heirathsvertrages und finden das Unterste zu oberst gekehrt! Man mordet mich an meiner Habe, man mordet mich an meiner Ehre. Da steht ein Schurke, ein Verbrecher, der alle heiligsten Pflichten verletzt hat, der sich als Diener bei mir eingeschwärzt, um mir mein Geld zu stehlen, um mir meine Tochter zu verführen.

Valer. Unsinn! wer denkt an Ihr Geld?

Harpagon. Und ein Heirathsversprechen haben sie mit einander getauscht. Dieser Schimpf geht Sie an, Herr Anselm; Sie müssen ihm den Prozeß machen und die ganze Justiz gegen ihn in Bewegung setzen — auf Ihre Kosten, um sich für seine Eingriffe an ihm zu rächen.

Anselm. Ich habe nicht im Sinn, mir eine Frau zu erzwingen, oder gar auf ein Herz Anspruch zu machen, das sich schon verschenkt hat; aber Ihnen will ich in dieser Sache beitreten, als wäre es meine eigene.

Harpagon. Der Herr Kommissär da ist ein Ehrenmann, der, wie er mir versichert hat, seine ganze Amtsgewalt aufbieten wird. (Zum Kommissär, auf Valer zeigend.) Gehen Sie ihm tüchtig zu Leibe, Herr Kommissär, und behandeln Sie die Sache kriminell.

Valer. Wie sollte man mir aus der Liebe zu Ihrer Tochter ein Verbrechen machen, oder mich wegen unseres Verlöbnisses, wie Sie glauben, zur Strafe ziehen können? Wenn man erst wissen wird, wer ich bin . . .

Harpagon. Man kennt diese Gaukeleien; wimmelt es doch heutzutage von solchen Glücksrittern, von solchen Schwindlern, die Vortheil daraus ziehen, daß sie kein Mensch kennt, und die sich frech genug den ersten besten Ehrennamen umhängen.

Valer. Nein, Herr, ich bin zu edeldenkend, um mich mit fremden Federn zu schmücken; ganz Neapel kann von meiner Herkunft Zeugniß geben.

Anselm. Vortrefflich! Nehmen Sie sich wohl in Acht mit Ihren Aussagen. Sie laufen hier größere Gefahr, als Sie denken, denn Sie sprechen vor einem Manne, der jedes Haus in Neapel kennt, und der Ihrem Märchen gar leicht auf den Grund sehen kann.

Valer (setzt trotzig seinen Hut auf). Pah! ich brauche nichts zu fürchten! und wenn Sie in Neapel bekannt sind, so wissen Sie, wer Don Thomas D'Alburci war.

Anselm. Allerdings weiß ich es; wenige Leute haben ihn besser gekannt als ich.

Harpagon. Don Thomas oder Don Martin, was kümmert mich das! (Er bemerkt, daß zwei Lichter brennen, und bläst eines davon aus.)

Anselm. Bitte, lassen Sie ihn reden, wir werden gleich sehen, wo er hinaus will.

Valer. Ich will sagen, daß der Genannte mein Vater ist.

Anselm. Ihr Vater?

Valer. Ja.

Anselm. Gehen Sie, das ist nicht Ihr Ernst. Erfinden Sie ein anderes Märchen mit mehr Glück und denken Sie nicht mit dieser Schnurre durchzukommen.

Valer. Hüten Sie Ihre Zunge besser! Es ist keine Schnurre; ich bringe nichts vor, was ich nicht mit Leichtigkeit beweisen kann.

Anselm. Wie! Sie wagen es, sich den Sohn von Don Thomas D'Alburci zu nennen?

Valer. Ja, ich wag' es; und ich werde diese Wahrheit vertreten vor Gott und der Welt.

Anselm. Die Kühnheit ist erstaunlich! So hören Sie denn zu Ihrer Beschämung, daß der Mann, von dem Sie uns sprechen, vor wenigstens sechzehn Jahren mit Weib und Kind auf der See umgekommen ist; er wollte damals die Seinigen vor den grausamen Verfolgungen flüchten, welche mit den Unruhen in Neapel zusammenhingen und mehrere Adelsfamilien ins Ausland trieben.

Valer. Ganz recht; aber nun hören Sie zu Ihrer Beschämung, daß sein siebenjähriger Sohn sammt einem Diener durch ein spanisches Fahrzeug aus jenem Schiffbruch gerettet wurde; und daß dieser gerettete Sohn hier vor Ihnen steht. Hören Sie ferner, daß der spanische Kapitän sich mein Schicksal zu Herzen nahm und mich lieb gewann; daß er mich wie seinen eigenen Sohn erziehen ließ, und daß die Waffen mein Handwerk wurden, sobald ich sie führen konnte; daß ich seit Kurzem erfahren habe, mein Vater sei nicht todt, wie ich immer geglaubt hatte; daß, als ich hier Nachforschungen nach ihm anstellte, mich ein Begegniß, worin ich die Fügung des Himmels sehe, mit der holden Elise zusammenführte; daß dieser Augenblick mich zum Sklaven ihrer Reize machte, und daß die Heftigkeit meiner Leidenschaft und die Strenge ihres Vaters mich zu dem Entschlusse trieben, sein Hausgenosse zu werden und einen Andern auf Nachforschung nach meinen Eltern auszuschicken.

Anselm. Aber was für Zeugnisse sonst, außer Ihren Worten, können uns Gewißheit geben, daß Sie nicht eine Fabel auf eine Wahrheit bauen?

Valer. Der spanische Kapitän; ein Petschaft meines Vaters aus Rubin; ein Armband aus Agat, das mir meine Mutter angelegt hatte; endlich der alte Pedro, jener Diener, welcher sich mit mir aus dem Schiffbruch gerettet.

Marianne. Ach! in meinem Innern finden Ihre Worte einen Wiederhall, einen untrüglichen; alles was Sie sagen, läßt mich klar erkennen, daß Sie mein Bruder sind.

Valer. Sie, meine Schwester?

Marianne. Ja. Mein Herz ist in Aufregung seit dem Augenblick da Sie den Mund geöffnet. Unsere Mutter, der Sie ein Entzücken bereiten werden, hat mich tausendmal von dem Unglück unserer Familie unterhalten. Auch uns ließ der Himmel in jenem traurigen Schiffbruch nicht untergehn; aber wir erkauften unser Leben mit dem Verlust unserer Freiheit; von Korsaren wurden wir, meine Mutter und ich, auf einem Trümmerstück unseres Schiffes aufgefangen. Nach zehnjähriger Sklaverei half uns ein glücklicher Zufall wieder zur Freiheit und wir kehrten nach Neapel zurück, wo wir unsere sämmtlichen Güter verkauft fanden und keine Spur von unserem Vater entdecken konnten. Jetzt wandten wir uns nach Genua; dort raffte meine Mutter die traurigen Ueberbleibsel einer Erbschaft zusammen, die man verzettelt hatte; und als ihr die garstigen Verwandten das Leben sauer machten, suchte sie hier eine Zuflucht, wo ihr bis jetzt nicht viele gesunde Tage vergönnt waren.

Anselm. O Himmel! wie sichtbar ist deine mächtige Hand! und wie gibst du zu erkennen, daß es nur dir zukommt, Wunder zu thun! Umarmt mich, meine Kinder, und lasset euer Wonnegefühl mit dem eures Vaters zusammenströmen!

Valer. Sie sind unser Vater?

Marianne. Um Sie hat meine Mutter so viele Thränen vergossen?

Anselm. Ja, meine Tochter; ja, mein Sohn; ich bin Don Thomas D'Alburci. Der Himmel ließ mich den Wellen entgehen sammt aller Baarschaft, die ich mit mir führte. Seit sechzehn Jahren hab' ich euch alle todt geglaubt und wollte jetzt, nach langen Reisen, ein sanftes und sittsames Wesen zur Ehe nehmen, um an einem neuen Herde meinen Trost zu suchen. Auf die Rückkehr nach Neapel, wo ich mein Leben aufs Spiel gesetzt hätte, mußte ich für immer verzichten, und nachdem es mir gelungen, meinen dortigen Besitz verkaufen zu lassen, habe ich mich hier eingebürgert und den Namen Anselm angenommen, der mich von all den Kümmernissen und Drangsalen scheiden sollte, die jener andere Name auf mich gehäuft hatte.

Harpagon (zu Anselm). Das ist Ihr Sohn hier?

Anselm. Ja.

Harpagon. So halte ich mich an Sie wegen Zahlung von zehntausend Thalern, die er mir gestohlen hat.

Anselm. Ihnen gestohlen? er?!

Harpagon. Ja er!

Valer. Wer sagt Ihnen das?

Harpagon. Meister Jakob.

Valer (zu Meister Jakob). Du sagst es?

Meister Jakob. Sie sehen, daß ich gar nichts sage.

Harpagon. Doch, doch. Der Herr Kommissär da hat es zu Protokoll genommen.

Valer. Können Sie mich einer so niedrigen Handlung für fähig halten?

Harpagon. Fähig oder nicht fähig, ich will mein Geld wieder haben.

Sechster Auftritt.

Harpagon, Anselm, Elise, Marianne, Kleanth, Valer, Frosine, Kommissär, Meister Jakob, Pfeil.

Kleanth. Machen Sie sich keinen Kummer, mein Vater, und beschuldigen Sie Niemand. Ich weiß Bescheid in Ihrer Sache und bin hergekommen, Ihnen zu sagen, daß Sie Ihr Geld wieder haben sollen, wenn Sie sich entschließen, mir Marianne zur Frau zu geben.

Harpagon. Mein Geld — wo ist mein Geld?

Kleanth. Lassen Sie sich das nicht anfechten. Es ist gut aufgehoben, ich stehe dafür; von mir allein hängt alles ab. Sagen Sie mir nur, wozu Sie sich entschließen: Sie haben die Wahl, entweder mir Marianne zu geben oder Ihre Schatulle zu verlieren.

Harpagon. Hat man nichts herausgenommen?

Kleanth. Keinen Pfennig. Gehen Sie mit sich zu Rathe, ob Sie diese Heirath genehmigen und Ihr Jawort dem der Mutter hinzufügen wollen, welche es ihrer Tochter freistellt, zwischen uns beiden zu wählen.

Marianne (zu Kleanth). Aber Sie wissen nicht, daß es an dieser Einwilligung nicht mehr genügt: der Himmel hat mir soeben hier (auf Vater zeigend) einen Bruder, und hier (auf Anselm zeigend) einen Vater wieder geschenkt, aus deren Hand Sie mich empfangen müssen.

Anselm. Der Himmel gibt mich euch nicht zurück, meine Kinder, damit ich eure Wünsche durchkreuze. Herr Harpagon, Sie stellen sich leicht vor, daß die Wahl eines jungen Mädchens eher auf den Sohn als auf den Vater fallen wird: warum sich also erst einen Korb holen? wohlan, geben Sie, wie ich, Ihre Einwilligung zu dieser Doppelheirath.

Harpagon. Um mich entschließen zu können, muß ich erst meine Schatulle sehen.

Kleanth. Sie werden sie sehen und ganz unversehrt.

Harpagon. Ich habe aber kein Geld zur Mitgabe für meine Kinder.

Anselm. Nun, so habe ich für sie; das darf Sie nicht anfechten.

Harpagon. Sie verpflichten sich, alle Kosten dieser beiden Heirathen zu tragen?

Anselm. Ja, ich verpflichte mich dazu. Sind Sie jetzt zufrieden?

Harpagon. Ich bin's, vorausgesetzt, daß Sie mir für die Hochzeit ein Kleid machen lassen.

Anselm. Einverstanden. Genießen wir nun in vollen Zügen die Wonne dieses Glückstages!

Kommissär. Heda, meine Herrn, heda! nur sachte, wenn ich bitten darf. Wer bezahlt mir mein Protokoll?

Harpagon. Wir haben nichts mit Ihrem Protokoll zu schaffen.

Kommissär. Ganz recht! aber wie sollt' ich dazu kommen, es umsonst gemacht zu haben?

Harpagon (auf Meister Jakob zeigend). Den Kerl da dürfen Sie hängen: damit machen Sie sich bezahlt.

Meister Jakob. O jemine! Wie soll sich Einer anstellen? Wenn ich die Wahrheit sage, so prügelt man mich, und wenn ich lüge, so will man mich hängen!

Anselm. Herr Harpagon, man muß ihm diese Bosheit nachsehen.

Harpagon. Sie bezahlen also den Kommissär?

Anselm. Meinethalb. Nun geschwind zu eurer Mutter, daß sie unsere Freude theile.

Harpagon. Und ich zu meiner Schatulle!